빛의 마녀

새
소설

04

김하서 장편소설

# 빛의
# 마녀

자음과모음

차
례

빛의 마녀
7

작가의 말
268

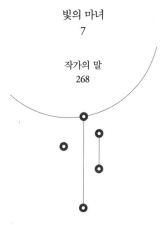

1장

◆

바람에서 비릿한 냄새가 나는군요.

나는 웨스트 요크셔 더비 하워스에서 태어났어요. 런던에서 북쪽으로 기차를 타고 세 시간쯤 달려가야 하는 황무지 근처의 시골 마을이죠. 동네 사람들이 스무 명도 되지 않고 저녁 4시만 넘으면 쥐새끼 한 마리 지나다니지 않아요. 낮은 구릉과 끝없는 벌판 사이로 히스클리프 유령의 울음소리만 스산하게 들려오죠.

한국은 시끌벅적하고 모든 게 살아 아우성쳐요. 이 나라에 온 지 9개월쯤 됐는데 사냥꾼에게 들키지만 않는다면 오래도록 머물고 싶어요. 나는 복사골이라는 동네에 머물며 학생들에게 영어를 가르쳐요. 복숭아꽃이 만발한

9

동네라니. 한 번도 보지 못한 복사꽃 향기를 맡게 되는 날이 내게도 올지 모르겠네요.

열일곱이나 열여덟 살쯤 된 그 애들은 내 초록색 눈동자, 빛이 나는 금발, 팔뚝을 덮은 금빛 털을 조심스럽게 관찰해요. 그러다 눈이 마주치면 고개를 돌리고 아무것도 안 본 척하죠. 나는 딴청을 하는 그 애들의 속눈썹이 가늘게 떨리는 것을 알아요. 그 애들은 내 정체를 알고 난 뒤에도 그토록 순수한 얼굴로 나를 바라볼까요?

나는 순진함 속에 고집스러운 악의로 가득 찬 그 애들의 검은 눈동자가 좋아요. 그 애들을 보고 있으면 벼랑으로 무섭게 질주하는 검은 야생마가 떠올라요. 내가 야생 흑마를 가르치고 있다고 생각하면 떨리고 흥분되죠. 그 애들이 어느 방향으로 튈지 아무도 모르니까요.

그 아이도 야생마 같았어요. 나의 샬럿이요. 누구도 그 아이를 통제할 수 없었어요. 신조차도 그 아이에게서 비정하게 돌아섰으니까요.

하우 올드 아 유(How old are you)? 그 애들은 수줍은 얼굴로 똑같은 걸 물어요. 나는 그 애들을 노려보며 뜸을 들이다 빙그레 웃곤 해요. 써티세븐(thirty-seven). 어떤 날은 포티파이브(forty-five). 또 다른 날은 세븐티(seventy)가 되죠. 나에게 나이는 의미가 없으니 완전한 거짓말은 아닌 셈이에요. 실은 내가 몇 살이나 먹었는지 정확히 몰라요. 더 이상 나이를 먹는 게 무의미한 삶도 있더군요.

진짜 내 나이가 궁금해요? 아마 이백서른 몇 살쯤 되었을 거예요. 말하고 나니 끔찍하네요. 지저스(Jesus), 내가 그렇게나 오래 살았다니! 돌이켜보면 잠깐 자고 일어난 것처럼 짧은 시간이었어요. 시간은 정말 이상하죠. 200년 넘는 시간이 눈 깜짝할 사이에 지나가버렸으니.

아까부터 내 목 언저리를 유심히 보고 있군요. 은목걸이 때문에 다들 눈치채지 못하는데 눈썰미가 좋네요. 흔히들 빗장뼈라고 하죠. 여기 쇄골과 쇄골 사이 움푹 파인 곳, 이건 문신이 아니에요. 뜨거운 불로 지져 생긴 화인이에요.

삼지창 같죠? 맞아요, 삼지창으로 내장까지 깊이 찔러 불에 태워 사멸시켜야 하는 끔찍한 존재라는 의미예요. 중세 시대 특별한 존재에게 새기는 일종의 표식이죠. 마녀 표식이요.

설마, 하는 그 의심이 맞아요. 나는 사람들의 두려움과 경멸에도 끈질기게 살아남은 마녀예요. 아직까지 처형당하지 않고 200년 넘게 숨어 살고 있는.

사람들 반응은 하나같이 똑같아요. 처음엔 놀라고 겁먹은 듯하다가 가볍게 웃어넘기죠. 당신도 다르지 않네요.

그냥 농담이라고 지나쳐버리거나 머리가 돈 여자라고 생각하고 싶을 거예요. 진짜 마녀라고 믿으면 그 순간부터 두려움이 생길 테니까. 그들이 나를 믿지 않듯 나도 그들 삶에 아무 관심 없었죠.

그런데, 관심이 생기기 시작했어요. 어떤 여자한테.

이제부터 그 이야기를 들려줄게요. 이 소리 들려요? 먹구름이 제 무게를 견디지 못하고 결국 쏟아지는군요. 아, 이 빗소리.


보름 전쯤 그 여자를 만났어요. 강태주. 나는 이름까지 알고 있지만 그녀는 내가 지켜본 줄도 모를 거예요. 200살이 넘은 초록 눈의 마녀가, 내내 숨어 지내던 내가, 다른 누구도 아닌 그 여자를 선택했다는 걸 말이에요.

그날 횡단보도 앞에서 강태주를 본 순간 꼼짝할 수 없었어요. 불덩이를 삼킨 것처럼 목과 가슴이 뜨거워졌죠. 목 가운데 숨어 있는 화인이 나보다 먼저 그녀를 알아본 거예요. 고통스러웠던 그날, 숨구멍과 같은 그곳에 마녀 표식이 찍히던 지옥의 날이 떠올랐어요. 그런 걸 사람들은 운명이라고 하나요?

영국에서 도망쳐 여러 곳을 떠돌다 여기까지 숨어들었는데 강태주를 본 그날 마녀의 본성이 털끝 하나하나 깨어났어요.

마녀사냥꾼들은 경고하죠. 마녀를 영원히 사멸하려면 창으로 머리부터 내장까지 깊숙이 찌른 뒤, 뜨거운 불에 스물네 시간 동안 태워 죽여야 한다고요. 이제껏 영어 강사 행세를 하며 아무도 모르게 잘 숨겨왔는데 결국 어쩔 수 없었어요. 내 안에 봉인돼 있던 광기와 악의가 검은 손톱처럼 무섭게 자라나 몸이 근질거릴 지경이었죠.

당신은 살면서 그런 경험이 없나요? 이른 아침 지저귀는 하얀 카나리아의 울음소리가 거슬려 새의 목을 비틀어 꺾고 싶은 순수한 악의 충동을 느껴본 적 말이에요. 단 한 번도?

그날은 이번 겨울 들어 유난히 매서운 칼바람이 불었어요. 오후 4시밖에 되지 않았는데 밖은 어둠에 휩싸이고 두툼한 패딩을 입은 사람들이 굳은 얼굴로 지나갔어요. 나는 강의가 일찍 끝나 토마토, 치즈, 식빵 따위를 사 들고 자전거로 돌아가는 길이었죠. 신호가 걸려 횡단보도 앞에 멈춰 서 있다가 무심코 고개를 돌렸는데 거기 검은 덩어리가 있었어요. 다시 보니 덩어리가 아니라 검정 코트를 입은 사람이었어요. 사람이라는 걸 알았는데도 그녀는 여전히 녹아내리는 뜨거운 타르 덩어리 같았어요.

그 순간 나는 그녀의 내면을 보고 말았는지도 몰라요. 그녀의 가슴은 새카맣게 타버리고 녹아내려 검은 타르, 아니 끈적끈적한 검은 진액처럼 변해버렸어요. 검은 타르가 된 여자, 그게 강태주의 첫인상이었어요.

그녀는 얼음장처럼 차가운 대리석 위에 몸을 웅크리고 서 있었어요. 그때 얼어붙어 벌게진 그녀의 맨발이 시야에 들어왔어요. 추운 겨울날 신발 신는 걸 잊고 뛰쳐나올 만큼 다급했던 걸까요? 그녀의 붉은 발목은 살짝만 부딪히면 얼음 조각처럼 부서질 것 같았어요. 그녀는 매직펜으로 삐뚤빼뚤 쓴 피켓을 소중한 물건처럼 부둥켜안고 있었어요. 아니, 피켓이 웅크린 그녀를 지탱하고 있는 모습이었죠.


사거리 앞 산부인과에서 제 아기가 태어난 지 사흘 만에 심장마비로 죽었습니다. 억울합니다. 제발 제 아기를 돌려주세요.


나는 가슴에 커다란 불덩이가 옮겨붙은 듯 움직일 수 없었죠. 잠시 후 그대로 얼어붙어버린 줄 알았던 그녀가 고개를 들었어요. 부스스한 단발머리에 차가운 푸딩 같은 창백한 얼굴은 쉽게 으스러질 것 같았어요. 스물일곱 살쯤 되어 보이는 앳된 인상에 깜짝 놀랐죠. 젊은 얼굴과 어울리지 않는 탁한 잿빛 눈을 멍하니 뜨고 있었어요. 그녀는 어둠 속 수많은 자동차, 사람, 불빛 중 무엇을 보고 있던 걸까요. 나도 모르게 그녀를 향해 손을 뻗었어요. 그 순간 그녀는 동굴 속으로 숨듯 고개를 숙이고 움직이지 않았죠. 사람들은 횡단보도를 건너갔지만 나는 그녀에게 붙들린 듯 서 있었어요. 그러다 화들짝 놀라 자전거 페달을 밟고 달렸어요. 나는 그녀로부터 도망쳤던 거예요.

다음 날, 사거리 같은 자리에서 그녀와 또 마주쳤어요. 다음 날, 그다음 날에도요. 그녀는 매일 벌건 맨발로 차가운 대리석 위에 벌서듯 피켓을 들고 서 있었죠. 자그마치 보름도 넘는 날들을. 아기를 낳은 지 얼마 안 된 산모가 겨울날 꽁꽁 언 맨발로 피켓을 들고 시위를 하다니. 내가 손을 뻗지 않았다면 그녀는 추위와 고통을 버티지 못하고 으스러져버렸을 거예요.

나는 매일매일 그녀와 마주치며 깨달았어요. 그녀는 누구도 아닌 스스로에게 벌을 주고 있었다는 것을.


빗소리가 요란스럽네요. 이렇게 비가 쏟아지는 날에 한국 사람들은 막걸리에 파전 생각이 난다죠? 나는 이런 날 흑맥주와 양고기를 넣은 완두콩 스프가 생각나요. 비가

올 때마다 그 아이는 완두콩 스프를 끓여달라고 졸랐거든
요. 사랑스러운 나의 샬럿 말이에요. 식탁에 마주 앉아 나
는 흑맥주를 마시고 아인 완두콩 스프를 먹었어요. 걸쭉
하고 따뜻한 초록색 스프가 아이의 식도를 타고 넘어가는
소리만 들어도 배가 불렀어요. 아이가 내 앞에 있는 것만
으로도 우주를 다 가진 기분이라면 이해할까요? 돌이켜보
니 완전한 충만감이란 그때 내가 느낀 감정이었어요. 창
밖엔 들소 가죽으로 만든 북을 두드리는 것 같은 빗소리
가 들려왔어요. 지금처럼.

나는 이제 완두콩 스프를 끓이지 않아요.

태주는 드넓은 곳을 걷고 있었다. 멀리 헐벗은 상수리
나무 가지가 바람에 흔들렸다. 그곳이 어디인지 모른 채
주위를 둘러보았다. 사람도 햇빛도 보이지 않았다. 그녀는
걷다가 발에 감각이 없는 것을 알았다. 그리고 자신이 서
있는 곳이 얼어붙은 드넓은 호수라는 것도 알았다. 그녀
는 무언가를 찾으며 얼음 위를 뛰다시피 걸었다.

빠지직빠지직. 어디선가 서늘한 소리가 들려왔다. 뒤를 돌아보았다. 걸어온 곳에서 얼음이 갈라져 금이 사방으로 뻗어나갔다. 그녀는 걸음을 빨리했다. 걸음이 빨라질수록 금은 더 빨리 쫓아왔다. 영원히 호수 끝에 닿을 수 없을 것 같았다. 그녀는 휘청하고 호수 위에서 미끄러졌다. 그리고 언 호수 바닥에서 무언가를 발견했다. 투명하고 차가운 그곳에 희끄무레한 무언가가 있었다. 그녀는 숨이 막혔다. 벌거벗은 갓난아이가 얼어붙은 호수 아래 갇혀 있었다.

빠지직빠지직. 그 순간에도 사나운 금은 사방에서 뻗어 왔다. 아무도 도와줄 이가 없었다. 오직 살아 움직이는 것은 금뿐이었다. 아이의 얼굴을 보기 위해 얼음에 뺨을 가까이 댔다. 아이의 얼굴이 희미하게 보였지만, 왠지 자신의 아이인 것만 같았다. 사방에서 금이 정신없이 달려들었지만 그녀는 일어나 도망치지 않았다. 얼음에 뺨을 댄 채 눈을 감고 기다렸다. 어서 사나운 금이 자신을 집어삼켜주기를. 그녀가 아이와 함께할 수 있는 길은 그것뿐이었다.

호수에 거대한 짐승의 울음소리가 울려 퍼졌다. 마침내 그녀는 언 호수 속에 빠졌다. 차가운 얼음물이 목구멍과 귓속으로 파고들었지만 눈을 번쩍 뜨고 아이를 향해 손을 뻗었다. 아이는 어디에도 보이지 않았다.

태주는 신음 소리를 내며 눈을 번쩍 떴다. 얼어붙은 호수, 날카로운 얼음 조각, 갓난아이는 보이지 않았다. 그녀는 검정 코트를 입은 채 싸늘한 방바닥에서 혼자 깨어났다. 무수한 얼음 조각이 살갗에 박힌 듯 온몸이 아팠다. 그녀는 입술을 꽉 깨물었다. 아이를 언 호수에 남겨둔 채 혼자만 살아남다니, 스스로를 견딜 수가 없었다. 할 수만 있다면 꿈속으로 돌아가 얼어붙은 아이를 꺼내 오고 싶었다.

"아가야……."

그녀는 겨우 몸을 일으켜 거실로 걸어 나왔다. 먼지 쌓인 회색 소파는 텅 비어 있었다. 집 안 곳곳에 매일매일 먼지가 쌓였다. 식탁 위에는 말라비틀어진 밥과 쉰내 나는 김치 통이 흩어져 있었다. 지난밤 그녀 자신이 먹은 것일까. 어제 무슨 일이 있었는지, 그제는 무엇을 했는지 기억나지 않았다. 군산에 내려간 남편이 올라왔는지도 모른다. 남편은 2주에 한 번 올라오겠다고 약속했지만 그를 본 기억은 없었다. 그녀는 오늘이 며칠인지 궁금하지 않았다. 알고 싶은 것은 한 가지였다. 이 추운 날 아이가 어디를 헤매고 있을지.

그녀는 수돗물을 틀어 입을 대고 마셨다. 벽시계를 보

왔다. 9시가 가까워오고 있었다. 입고 있는 코트에서 짐승의 냄새 같은 악취가 났지만 개의치 않았다. 그녀는 무언가를 잃어버린 사람처럼 신발도 신지 않고 맨발로 뛰쳐나갔다.

문이 닫히려는 엘리베이터 속으로 뛰어들었다. 이웃집 여자들이 그녀를 보고 서로 눈빛을 주고받았다. 한 여자의 얼굴이 경멸로 일그러졌다. 거울에 비친 태주의 뒷머리에 토마토만 한 살구색 두피가 흉측하게 드러났다. 다른 여자는 상처투성이인 태주의 맨발을 보고 고개를 돌렸다. 문이 열리고 태주가 내리자마자 여자들은 쥐처럼 수군거렸다.

햇살이 보이지 않는 흐릿한 겨울 아침이었다. 연일 영하 10도를 맴도는 날씨가 계속되었고 헐벗은 나뭇가지에는 새들이 보이지 않았다. 바람이 불면 나뭇가지가 바들바들 떨었다. 거리엔 녹지 않은 눈이 쌓였다. 태주는 맨발로 차가운 눈과 담배꽁초를 밟으며 멈추지 않고 걸었다. 뺨과 귀가 새빨개졌다. 입에선 하얀 입김이 터져 나왔다. 그녀의 맨발은 아무 감각을 느끼지 못했다. 그녀는 스물일곱이었지만 쉰 살처럼 보였다. 트고 거칠어진 피부는 거리를 떠도는 늙은 개의 얼굴 같았다.

맨발의 그녀가 멈춘 곳은 차들이 번잡한 사거리 교차로였다. 지하철역과 마트와 쇼핑몰이 모여 있어 사람들이 많았다. 찬 바람이 그녀의 마른 목덜미를 훑고 갔다. 그녀의 맨발을 흘끔거리며 지나가는 사람도 있었지만 그뿐이었다. 그녀는 잿빛 눈으로 횡단보도 앞에 서 있었다. 신호가 바뀌자 사람들이 우르르 건너갔다. 누군가 그녀의 어깨를 밀치고 지나갔다. 중간쯤 건넜을 때 빨간불로 바뀌었다. 차들은 경적을 울리며 위협했다. 그녀는 횡단보도 한가운데 멈춰 서서 꼼짝하지 않았다. 그녀의 얼어붙은 다리가 흔들거렸다. 아이를 찾아야 하는데 길이 사라져버린 것처럼.

한 달 전에도 태주는 횡단보도 앞에서 신호가 바뀌길 기다렸다. 그녀의 배는 커다란 수박만 하게 불러 있었다. 걷는 것조차 힘들었고 넘어질지도 모른다는 생각에 긴장한 얼굴이었다. 세상에 뾰족하고 날카로운 것들이 너무 많이 존재한다는 것을 알았고 그것들과 마주칠 때마다 몸을 웅크렸다. 버스나 지하철을 탈 때면 그녀도 모르게 주위를 경계했다. 무서운 속도로 달려오는 자전거와 마주치면 아찔했다. 임신을 하고 나서야 깨달았다. 세상 곳곳에 송곳 같은 위험이 도사리고 있다는 것을.

태아는 그녀의 자궁 안에서 피와 양분으로 매일매일 자라났지만 영원히 알 수 없는 미지의 존재를 품고 있는 기분이었다. 한낮의 고요한 시간 혹은 새벽녘, 잠에서 깨었을 때 태동이 느껴지지 않으면 그녀의 얼굴은 파랗게 질리곤 했다. 유전자 이상으로 혹은 밝혀지지 않은 복잡한 이유로, 아이들이 엄마 자궁 속에서 돌연히 죽기도 한다는 것을 알게 된 후 그녀는 태동에 집착했다. 두 시간 넘게 아무 움직임이 느껴지지 않으면 배를 살짝 두드리며 잠든 아이를 깨웠다. 아가야, 일어나봐. 괜찮니……? 그럼 기지개를 펴는 듯 작은 꿈틀거림이 느껴졌다. 그것은 분명 배 안에서 전해오는 것이었지만 먼 우주에서 보내는 신호처럼 여겨져 마음이 아득해지는 순간도 있었다.

그녀의 불안을 먹고 자란 아이는 일주일이 지나면 세상 밖으로 나올 예정이었다. 그녀는 숨 쉬는 것, 잠자는 것, 가만히 있는 것조차 힘들어졌다. 기저귀와 배냇저고리, 젖병을 준비하면서도 아이를 만나게 되는 일이 실감나지 않았다. 기저귀를 갈고 아이 목욕 시키는 일 같은 건 한 번도 해보지 않아서 두려웠다. 정말 엄마가 될 수 있을까. 아이를 조건 없이 무한히 사랑할 수 있을까. 아이와 만나는 날이 가까워질수록 더 깊은 고민과 걱정으로 불면의 나날을 보냈다.

어느 오후 낮잠에서 깨어나 다리가 축축한 느낌이 들어 놀랐다. 집에는 혼자였고 당황해서 진통이 시작된 것도 몰랐다. 거실과 방을 왔다 갔다 하다가 가방을 챙겨 콜택시를 불렀다. 창밖에 스쳐 가는 풍경과 밀려오는 진통을 느끼며 떨리는 마음으로 배를 쓰다듬었다. 그녀는 스티로폼 위에 누워 파도가 이는 드넓은 바다에 떠 있는 듯한 막막함과 불안을 느꼈다. 이 시간 이후로 어떤 일이 일어날지, 출산의 고통이 얼마나 끔찍할지 짐작할 수 없었다.

하얀 커튼으로 가려진 여러 개의 침대에 산모들이 누워 진통의 시간을 견뎠다. 옆의 산모는 염소가 흐느끼는 듯한 신음 소리를 냈다.

출장이 잦은 남편은 이날도 지방으로 내려갔다가 급하게 올라오는 중이었다. 그가 곁에 있다고 해서 고통을 나눌 수는 없었으므로 서운한 마음은 들지 않았다. 내진을 하러 온 젊은 인턴은 수술용 장갑을 끼고 그녀의 자궁을 함부로 헤집어놓았다. 태주는 모욕감과 분노를 느꼈지만 그것 또한 극렬한 진통에 잊혔다. 진통이 시작된 지 여섯 시간이 흘렀지만 간호사는 아직도 멀었다는 말만 되풀이했다.

그녀가 몸부림치는 동안에도 세상은 돌아가고 해가 지고 밤이 찾아왔다. 전기톱으로 그녀의 허리를 서서히 잘

라내고 상처를 벌려 헤집는 듯한 고통에 기절하기 직전이 었다. 그때까지도 남편은 지방에서 올라오는 중이었고 곁에는 아무도 없었다. 이 고통이 5분만 더 괴롭히면 이대로 창밖으로 뛰어내리리라 마음먹었다. 그제야 간호사들은 그녀를 분만실로 옮겼다. 진통이 시작된 지 열두 시간 만이었다.

열두 시간 만에 만난 그녀의 주치의는 이제 아이 머리가 보이니 최대로 힘을 줘보자고 했다. 그녀는 너무 고통에 지친 나머지 그 말에 아무런 감응을 받지 못했다. 그녀가 기다리는 건 오직, 이 고통이 끝나는 것이었다. 수간호사가 그녀의 배를 사정없이 누르고 주치의는 노련하게 아이의 머리를 잡아당겼다. 똑같은 과정을 세 번 거친 후에야 아이의 머리가 나왔다고 했다. 그리고 천천히 아이의 어깨, 가슴, 배, 엉덩이, 다리가 세상 밖으로 나왔다.

그녀는 넋이 나간 채 고통이 썰물처럼 멀어지는 것을 느꼈다. 아이의 첫 울음소리가 들렸다. 너무 희미하고 생경해 어린 짐승의 울음소리 같았다. 간호사가 초록색 강보에 싸인 아이를 태주의 가슴에 내려놓았다. 아이의 얼굴에는 피와 하얀 태지가 묻어 있었고 피부가 쭈글쭈글했다. 아이는 눈을 감고 작은 주먹을 쥔 채 화가 난 듯 울어댔다. 당황한 태주에게 간호사가 재촉했다.

"얼른 아기와 인사하세요."

네가 내 배 속에 열 달 동안 함께한 게 맞니? 늘 함께 숨
쉬고 한 몸처럼 지냈지만 서로 얼굴을 본 것은 처음이었
다. 태주는 아이에게 무슨 말을 하면 좋을지 몰라 망설이
다 겨우 내뱉었다.

"안녕, 아가야."

간호사는 그녀의 품에서 아이를 낚아채듯 데려갔다. 그
녀는 몽롱한 상태에서 후처치를 받는 동안 왠지 혼자가
된 것 같아 허전하고 서글펐다.

그녀는 2인실 병실에 누워 알 수 없는 상실감을 느꼈다.
한 몸이었던 아이가 신생아실에 따로 있기 때문인지, 남편
이 없는 사이 아이를 낳았기 때문인지는 알 수 없었다. 그
러다 마취제와 긴 시간의 진통에 지쳐 깊은 잠이 들었다.

◆

파리에 있는 루브르박물관에 가보셨나요? 수많은 작
품 중에 바르텔 베함이라는 독일 작가의 작은 판화 작품
이 있어요. 화려한 색감을 자랑하거나 많이 알려진 작품
은 아니에요. 대부분의 관광객들은 그냥 지나쳐버리죠. 판

화 속엔 나체인 세 여자가 있고 그들 사이에 해골이 서 있어요. 중앙에 있는 여자는 비대한 엉덩이와 허벅지를 드러내고 뒤돌아 있어요. 하마 같은 엉덩이를 지녔죠. 오른쪽 나체 여자 역시 두툼한 뱃살과 튼실한 허벅지를 가졌어요. 그녀는 해골을 보고 겁에 질린 듯 놀란 얼굴을 하고 있어요. 마지막으로 왼편에 있는 여자는 두 여자와 달리 근육질의 허벅지와 팔뚝을 지녔어요. 젊은 남성의 몸이라고 해도 믿을 정도예요. 그녀는 제일 뚱뚱한 여자의 팔을 어깨로 부축하고 있는 것처럼 보이죠. 처진 가슴과 매부리코로 봐서 셋 중 가장 나이 든 여자예요. 그녀는 해골, 그러니까 악마를 노려보고 있어요. 악마 따윈 두렵지 않다는 의지의 눈빛으로 말이죠. 그 여자가 바로 나의 증조할머니 율리아예요. 판화의 제목은 〈세 마녀들〉이에요.

진실을 말하면 증조할머니는 진짜 마녀가 아니에요. 그런데도 사람들은 매부리코에 곰보 자국, 쭈글쭈글한 주름 많은 늙은 여자가 혼자 산다는 이유로 마녀라고 지목했죠. 악마와 결탁해 술수를 쓰고 마법을 부리는 진짜 마녀인지 시험하기 위해 증조할머니를 물에 빠뜨렸어요. 15세기 사람들의 마녀 판별법은 정말 어처구니가 없을 정도로 무지했어요. 마녀로 지목된 여자를 물에 빠뜨려 떠오르면 진짜 마녀이고, 가라앉으면 마녀가 아니라고 판단한 거예요. 물에 빠진 사람이 떠오르는 건 당연한 이치예요. 그런데도 그들은 비이성적이고 무자비한 방식으로 수많은 여자들을 처형했어요.

사람들은 마녀를 두려워해요. 갓난아이의 내장을 끓여 먹고 빗자루를 타고 하늘을 날아다닌다고 믿기 때문이에요. 커다란 항아리에 독초와 박쥐 날개와 도마뱀의 눈알과 처녀의 생리혈을 섞은 후 팔팔 끓여 이상한 주술을 외우며 저주의 비약을 제조한다고 믿기 때문이죠. 악마들과 어울려 난교 파티를 즐기고 선한 사람들에게 끔찍한 전염병을 퍼뜨려 죽게 만든다고 믿고 있어요. 그러나 사람들의 믿음이 때로는 모두 진실은 아니에요.

나는 갓난아이의 내장을 끓여 먹거나 빗자루를 타고 날아다니지 않아요. 대신 싱싱한 육회를 먹거나 자전거를 타고 다니죠. 누군가의 욕망을 위해 위험한 비약을 제조하는 짓도 더 이상은 하지 않아요. 요즘 사람들의 욕망은 돈이 쉽게 해결해주죠. 돈만 있으면 사랑도 사고 죽어가는 목숨도 살리는 편한 세상이 됐어요. 악마를 불러내 난교 파티를 즐기는 것보다 여름밤 노천카페에서 젊은이들과 어울려 기네스 맥주를 마시는 게 더 즐거워요. 끔찍한 전염병 따윈 애초부터 퍼뜨린 적이 없어요. 요즘엔 태어나면 수십 종류의 백신을 접종하기 때문에 그럴 위험도

줄었어요. 그런데도 사람들은 여전히 마녀를 혐오하고 두려운 존재로 믿고 있죠. 당신도 내가 두렵나요? 그저 당신들과 달라서? 아무 짓도 하지 않았는데 단지 마녀라는 이유로?

그 여자, 강태주는 달랐어요. 마녀라는 걸 안 뒤에도 나를 두려워하지 않는 유일한 여자였어요. 마녀라는 걸 믿지 않았냐고요? 아니, 그녀는 내가 한 말을 누구보다 깊이 믿었어요. 내 말을 들은 그녀의 눈동자는 검은 심연 위에 한 줄기 빛처럼 반짝였어요. 지푸라기라도 잡고 싶은 심정이었겠죠. 그게 마녀의 손일지라도. 지옥 속에서 하루하루 고통받고 있었으니까요.

우리는 창백한 겨울날 매일 횡단보도 앞에서 마주쳤어요. 그 여자는 하루도 빠짐없이 거리로 나와 폐기물 자루 같은 검은 코트를 입고 몸을 웅크린 채 서 있었어요. 언제나 맨발로. 추위에 벌겋게 얼어붙어 여기저기 상처 많은 맨발. 신발 신는 걸 잊은 걸까요? 나는 그녀가 스스로에게 벌주고 있다는 것을 알았어요. 혼자 살아남은 어미의 애끓는 가슴. 유리 조각이 깔린 길을 온종일 걸어 피투성이가 되어도 갈기갈기 찢긴 마음의 고통을 대신하지 못할 거예요. 사람들은 그녀를 바라볼 뿐 아무도 다가가지 않았어요. 그녀의 불행이 자기에게 옮겨붙을까 봐 달아나기 바빴죠.

사람들의 염려는 틀리지 않아요. 불행은 회색 먼지 같아서 누구의 어깨에나 내려앉아요. 그게 불행의 법칙이에요. 부자든, 가난하든, 젊었든, 늙었든, 공평하게, 예고 없이, 순식간에 악의 꽃을 피우죠.

그녀와 마주친 지 보름이 지난 어느 날, 나는 신호등을 건너지 않고 그녀를 향해 다가갔어요. 그녀는 청동으로 만든 동상이라도 된 듯 꼼짝하지 않았죠. 나는 손을 뻗어 어깨를 살짝 건드렸어요.

"이봐요."

그녀는 미동도 없었어요. 덜컥 겁이 나 어깨를 세게 흔들었어요.

"괜찮아요?"

그제야 움찔 놀라 고개를 들더군요. 그녀는 눈을 껌뻑이며 두리번거렸어요. 이곳이 어딘지도 모르는 하얀 백지 같은 얼굴이었죠.

"여기서 자면 얼어 죽어요. 집이 어디예요?"

화장을 하지 않은 말간 얼굴은 아이 엄마라고 하기엔 너무 어려 보였어요. 그녀는 나를 멍하니 보더니 다짜고짜 손을 붙잡았어요. 겨울 햇살이 그녀의 젖은 눈동자를 비췄어요.

"우리 아기를 살려주세요!"

그것이 그녀가 처음 한 말이었어요.

그녀의 검은 동공은 나를 보고 있었지만 아무것도 보이지 않는 듯 어두웠어요. 나는 그 어둠 속에서 흔들리는 무언가를 본 듯해 가슴이 떨렸어요. 바람이 불자 그녀가 들고 있던 피켓이 흔들렸어요.

'우리 아기가' '죽었습니다' 같은 구절이 살아 꿈틀거리는 것 같았어요. 현기증을 느끼며 나도 모르게 그녀의 손을 붙잡았어요. 작고 차가운 물고기 같은 손이었어요. 나는 갈라진 목소리로 속삭였어요.

"시키는 대로만 하면 네 아이를 살려줄 수 있지."

순간 그녀의 검은 동공이 크게 흔들렸어요. 등 뒤로 요란한 사이렌을 울리며 구급차가 지나가더군요. 누군가 삶과 죽음의 경계에서 위태롭게 흔들리는 소리였죠. 그녀와 나는 서로에게 붙들린 채 찬 바람을 맞으며 오래도록 서 있었어요.

◆◆

하늘은 희뿌옜고, 검은 돌과 마른 풀이 펼쳐진 황량한

들판에는 태주가 서 있었다. 그녀는 배가 홀쭉해진 것을
알았다. 어디로 가야 할지 몰랐지만 천천히 걸음을 내딛
었다. 머리칼과 푸른색 원피스가 바람에 흩날렸다. 얼마간
걷다가 검은 돌 사이에 푸른빛이 도는 꽃 한 송이가 피어
있는 것을 보았다. 무릎을 꿇고 꽃을 꺾으려고 손을 뻗었
다. 손이 닿기도 전에 꽃잎은 보랏빛으로 변하더니 이내
검은 재가 되어 바람에 실려 날아가버렸다.

그녀는 신음을 토하며 눈을 떴다. 환자복과 이마가 땀
에 흠뻑 젖었다.

"왜 그래? 괜찮아?"

남편은 언제나처럼 일에 지친 경직된 얼굴로 침대 옆에
서 있었다. 남편은 어색하게 웃었다.

"마산공장 로수젯 주문에 차질이 생겨서."

그 말은 그가 아이와는 상관없는 사람처럼 느껴지게 했
다. 남편 때문인지 하반신에 계속되는 통증 때문인지 그
녀는 날카로워졌다.

"당신은 애가 궁금하지도 않아?"

"이따 보면 되지 뭘."

남편은 그다지 감격하지 않은 얼굴로 휴대폰을 확인했
다. 그녀는 온몸의 살갗이 찢겨나가는 듯 아팠고 몸이 떨
렸다.

그들의 대화는 거기까지였다. 태주는 얇은 이불을 끌어
올리며 눈을 감았다. 희미한 분노와 서글픔이 밀물처럼
서서히 밀려왔다.

얼마 후 배식 담당 아주머니가 식판에 담긴 미역국과
쌀밥을 가져다주었다. 그녀는 통증이 너무 심해 겨우 국
물 몇 숟가락을 뜨고는 누웠다. 혈압과 체온을 재러 온 간
호사가 말했다.

"혈압과 체온이 좀 높네요. 진통제를 놔드릴게요."

남편이 가라앉은 목소리로 물었다.

"아이는 언제 볼 수 있죠?"

"이것저것 체크할 게 많아요. 검사가 끝나면 병실로 데려
다줄 거예요."

간호사는 웃고 있었지만 좀 서두르는 태도로 말하곤 병
실을 나갔다. 그녀는 정신이 몽롱해져 그대로 잠이 들었
다. 새벽녘, 가슴을 찌르는 듯한 통증에 깨어났다. 보호자
침대에 남편은 보이지 않았다. 옆 산모 침대에서 희미하게
아기 울음소리가 들렸다. 그녀 곁에는 아기 침대도 아기도
보이지 않았다. 젖이 돌아 가슴이 돌처럼 단단해졌다.

다음 날 아침, 그녀가 깨어났을 때 남편은 어두운 얼굴
로 창밖을 보고 있었다.

"왜 그래?"

31

그녀는 뼈 마디마디가 끊어질 듯 아파 겨우 물었다. 남편은 지난밤 잠을 못 잔 듯 까칠한 얼굴로 그녀를 돌아보았다.

"아무것도 아니야."

그녀는 그의 표정에서 무슨 일이 생겼다는 것을 직감했다. 아랫배의 통증을 참으며 일어나 앉았다.

"아기는 어디 있어?"

남편은 입술을 깨물며 한숨과 함께 내뱉었다.

"신생아 중환자실에."

그녀는 끔찍한 진통을 겪고 나서 뇌의 한 부분에 이상이 온 건지도 모른다고 생각했다. 남편의 말이 비현실적으로 들렸고 이해되지 않았다.

"아니, 왜……?"

남편의 얼굴이 분노와 두려움으로 떨렸다.

"나도 모르겠다. 왜 이런 일이 일어난 건지."

태주와 남편은 푸른색 가운을 입고 머리에 캡을 쓰고 마스크를 하고 손을 소독한 뒤 인큐베이터 안에 심박기와 인공호흡기를 달고 있는 아이를 보았다. 아이는 겨우 버티고 있는 어린 짐승 같았다. 숨 쉴 때마다 아이의 배가 움푹 파였다. 그녀는 너무 끔찍해서 입을 틀어막았다. 아이의 피부는 푸르스름한 보랏빛이었다. 그녀는 더 이상 지켜볼 수가 없어 도망치듯 중환자실을 빠져나왔다.

　그녀는 좁은 병실을 왔다 갔다 하다가 초조한 듯 손톱을 물어뜯었다. 남편은 복도에서 의사를 붙들고 사정하다가 이내 울음을 터뜨렸다. 그녀와 남편은 하루 종일 신생아 중환자실 앞을 유령처럼 서성거렸다. 하루 두 번, 면회 시간에 아이와 마주할 때마다 아이가 점점 말라가며 갈비뼈 아래가 심하게 들썩이는 것을 보았다. 아이는 눈을 뜨지도 못했고 울지도 않았다. 살아 있는 것이 고통스러운 듯 가느다란 팔다리를 파르르 떨었다. 아이의 살은 이제 검보랏빛으로 변했다.

　태어난 지 사흘째 되는 날 자정이 조금 넘은 시각, 남편이 그녀의 어깨를 흔들어 깨웠다.

　"왜 그래?"

　남편은 눈이 빨갛게 충혈되어 겁에 질린 목소리로 중얼거렸다.

　"태주야…… 그 애가 갔어……. 그렇게 짧게 살고 방금 떠났어……."

　사인은 출산 도중 태변을 먹은 뒤 폐혈관 고혈압으로 온 심정지였다. 의사가 사흘간 버틴 것도 기적이라고 말했을 때 남편은 참지 못하고 그의 얼굴에 주먹을 날렸다.

　"말 다했어? 사흘밖에 못 산 게 기적이라고?"

33

아이는 장례도 없이 비밀스럽게 화장되었다. 그녀는 병원에 들어갈 때는 아이와 함께였지만 퇴원할 때는 하얀 보자기에 싸인 유골함을 가슴에 안았다. 아이는 늦은 밤 세상에 나와 이틀 뒤 자정이 조금 넘어 세상을 떠났다. 아이가 살아 숨 쉬었던 시간은 인큐베이터 안에서의 힘겨웠던 스물여섯 시간이 전부였다.

그들은 다시 낡은 아파트로 돌아왔다. 태주는 머릿속에서 계속 바람 소리가 들려왔다. 남편은 유골함을 들고 안방으로 들어가더니 한동안 나오지 않았다. 그녀는 퀭한 얼굴로 소파에 앉아 있었다. 서서히 어둠이 찾아왔다. 그녀는 아무도 없는 거실에서 혼자 중얼거렸다.

"바람 불잖아."

밤이 찾아오고 새벽이 계속되는 동안 그녀는 어둠 속에서 꼼짝하지 않았다.

이른 아침 남편은 여전히 소파에 앉아 있는 태주를 발견하고 깜짝 놀랐다.

"밤새 이러고 있었던 거야?"

태주는 그 말이 들리지 않는 듯 넋이 나간 얼굴이었다. 남편은 그녀의 어깨를 마구 흔들었다.

"여보, 왜 그래? 정신 차리라고!"

태주는 그제야 긴 꿈에서 깨어난 듯 겁에 질린 얼굴로 소파에서 벌떡 일어났다. 이 방 저 방을 정신없이 왔다 갔다 하며 무언가를 찾았다. 남편은 더 참지 못하고 그녀의 어깨를 붙들었다.

"지금 뭐 하는 거야?"

태주는 하얗게 질린 얼굴로 두 손을 떨었다.

"우리 아기가 없어졌어. 어떡해, 병원에 두고 왔나 봐……."

남편은 이를 악물고 참았다. 두 눈은 실핏줄이 터져 새빨갰고, 혼란과 두려움으로 입가가 떨렸다.

"태주야, 이러지 마……."

그녀는 남편의 팔을 뿌리치고 병원으로 달려가기 위해 몸부림쳤다. 남편이 뜻밖에 울음을 터뜨렸다. 그는 어깨를 들썩이며 무너지듯 무릎을 꿇었다.

"당신 무슨 짓 한 거야? 우리 애 지금 어딨어!"

남편은 눈물과 콧물로 엉망이 된 얼굴로 고백했다.

"화장했어."

그녀는 그 말뜻을 이해하지 못한 듯 동공이 심하게 흔들렸다. 머릿속에서 바위가 굴러떨어지는 듯한 무서운 굉음이 들렸다. 후들거리는 다리로 천천히 아이 방으로 걸어갔다. 아이 이불, 기저귀, 젖병, 모든 게 제자리에 있었다. 그러나 어디에도 아이는 보이지 않았다. 천장에 매달린 모빌이 희미하게 흔들렸다.

◆

　사람들은 마녀를 처형할 때 온몸의 털을 모두 깎아요. 머
리칼만 남겨두고 발가벗겨 처형대에 묶어두죠. 그리고 온
마을 사람들이 보는 앞에서 축제처럼 마녀의 처형식이 거
행돼요. 사람들은 마녀를 향해 욕을 퍼붓고 침을 뱉고 돌
멩이나 계란을 던지며 소리쳐요.

　개 같은 년, 지옥에나 떨어져라!

　그들은 발가벗겨 매달아놓은 여자가 마녀가 아니란 걸
죽어도 모를 거예요. 그들과 똑같이 가난한 여자들일 뿐
이죠. 마녀는 전염병이나 옮기는 더러운 들쥐가 아니에요.
진짜 마녀는 쉽게 잡히지도, 불에 태운다 해도 죽지 않아
요. 불에 탄 채 구덩이에 버려져도 언제든 부활할 수 있어
요. 땅속 깊은 곳 나무뿌리의 수액과 음기를 빨아 먹고 치
명적인 악의로 가득 찬 매혹적인 모습으로 말이죠.

　그러나 마녀도 영원히 불멸할 수는 없어요. 안 그러면
세상은 넘쳐나는 마녀들과 인간의 숨은 욕망이 결탁해 광
기와 피로 어지럽혀지겠죠. 마녀도 두려워하는 존재가 있

어요. 그들에게 붙잡히면 정말 먼지처럼 사라지죠. 마녀사냥꾼. 그들만이 마녀를 이 세계에서 영원히 사멸시킬 수 있죠. 누구도 모르는 마녀의 약점을 알고 있기 때문이에요.

나도 오랜 시간 마녀사냥꾼에게 쫓기며 살아왔어요. 그의 이름은 에드워드. 무자비한 마녀사냥꾼이 아니라 근사한 사진작가 이름 같죠? 그에게도 사냥꾼 말고 직업이 있어요. 그도 먹고살아야 하니까요. 그는 하얀 가운을 입고 피로에 찌든 무표정한 얼굴로 환자들을 대하는 의사예요. 산부인과 전문의죠.

딱하게도 그의 일은 아이를 받는 성스러운 일이 아니에요. 폐경기가 지난 말라비틀어진 유자 같은 늙은 여자들이 그의 고객들이죠. 자궁에 자라난 보랏빛 악성종양 덩어리를 떼어내는 게 그의 전문 분야거든요. 그의 눈은 수면부족과 스트레스로 술에 취한 것처럼 충혈되어 있어요. 낮에는 환자들 때문에 찌들어 있고 밤이 오면 새벽 내내 마녀를 뒤쫓으러 다니니까요. 그는 사십대 중반이지만 피곤에 지친 얼굴 때문에 훨씬 늙어 보여요. 그가 마녀사냥꾼만 아니라면 측은하게 여겼을 거예요.

나는 그를 경멸하고 증오해요. 그의 숨통을 끊어놓을 수만 있다면 내 모든 피를 악마에게 바쳐서라도 그렇게 하겠어요. 하지만 나는 절대로 그를 죽일 수 없어요. 그게 이 세계의 먹이사슬 법칙이죠. 마녀는 아무 짓도 할 수 없지만 그들은 마녀를 영원히 보낼 수 있어요. 지옥 끝 낭떠러지로, 아무 죄책감 없이 말이죠.

고백하는데, 내가 왜 처음 보는 강태주에게 마음이 흔들렸는지 모르겠어요. 세상에 불행한 여자는 들꽃처럼 널려 있는데 말이에요. 200년 넘게 인간들과 섞여 살다 보니 알겠어요. 여자란 존재는 감정적이고 나약해요. 유혹에도 쉽게 넘어가죠. 그건 반대로 모든 것을 걸고 파멸을 두려워하지 않는 무서운 존재로 거듭날 수 있다는 뜻이죠. 그녀에게 손을 내민 건 동정심 때문이 아니었어요. 그녀는 무엇도 두려워하지 않았어요. 돌이켜보면 그게 잠자던 마녀의 본성을 깨어나게 했던 거예요.

겨울날 맨발의 그녀를 데려간 곳은 선지해장국집이었어요. 그녀는 아이처럼 두리번거리다 어깨를 흠칫흠칫 떨었어요. 서빙하는 아주머니는 우리를 신기하다는 듯이 흘낏거리더군요. 초록 눈의 서양 여자와 맨발에 정신 나간 것 같은 젊은 여자가 시선을 끄는 건 당연하겠죠. 나는 한국에 와서 순대국, 곱창볶음, 선지해장국 같은 걸 먹어보곤 깜짝 놀랐어요. 세상에. 돼지나 소 내장, 피를 끓인 음식이 이렇게 혀에 감기다니. 고작 탄 베이컨에 스크램블드에그, 눅눅한 감자튀김과 튀긴 대구만 먹고 사는 영국

인들이 가엾다는 생각이 들었죠. 마녀사냥꾼에게 들키지만 않는다면 맛있는 음식을 먹으며 이곳에 오래도록 머물고 싶을 정도였어요.

강태주와 나는 뜨거운 선지해장국을 후후 불며 맛있게 먹었어요. 밥을 함께 먹었을 뿐인데 그녀와 오래 알고 지낸 듯 편안했어요. 그녀는 며칠 굶은 사람처럼 허겁지겁 뜨거운 선지를 잘도 먹었어요. 그 모습이 어린 여동생 같아 안쓰러웠어요. 뜨거운 핏덩이가 그녀의 얼어붙은 심장과 언 발까지 따뜻하게 녹여주길 바랐죠.

눈 깜짝할 사이, 선지해장국을 싹 비운 그녀가 말했어요.

"이렇게 맛있는 건 처음 먹어봐요."

나는 숟가락을 든 채 얼어붙었어요. 그건 샬럿이 내게 종종 했던 말이에요. 사랑스러운 그 아이에게 초록색 완두콩 스프를 끓여주거나 크리스마스 파이를 구워주면 커다란 눈동자를 깜빡이며 말하곤 했어요.

이렇게 맛있는 건 처음 먹어봐요.

샬럿의 눈동자는 아득한 우주 같았어요. 암흑 속에 수많은 별이 빛나고 있었죠. 나는 샬럿 눈동자에 비친 내 모습을 보며 미소 짓곤 했어요. 그 아이 눈동자에 비친 나는 흉측한 마녀가 아니었어요. 이젠 다시 오지 않을 꿈같은 일이죠.

한순간 강태주는 말간 눈동자로 내가 묻고 싶은 걸 먼저 묻더군요.

"당신은 누구세요?"

그녀에게 내 정체를 밝힐 순간이 온 거예요. 나는 썰렁한 식당을 둘러보고 목소리를 낮춰 고백했어요.

"난 니콜, 서쪽에서 온 마녀예요."

그녀는 놀란 아이처럼 입을 벌렸어요. 나는 그녀의 붉고 차가운 손을 잡았어요.

"겁내지 말아요. 당신을 해치지 않으니까."

그녀는 내가 마녀라는 걸 고백했던 다른 사람들처럼 웃음을 터뜨리지 않았어요. 의심하는 눈빛으로 나를 보지도 않았어요. 그녀의 손끝은 떨렸고 심장 뛰는 소리가 들리는 것 같았어요.

처음이었어요. 내가 마녀라는 걸 고백했을 때 비웃거나 미친 여자 취급을 받지 않은 건 말이죠. 사람들은 의심이 많고 잘 믿지 않아요. 모두 자기 얘기만 떠들기 바쁘죠. 그건 소음을 내는 수천 대의 라디오가 버려진 풍경과 다르지 않아요.

그녀는 나를 의심 없이 믿어준 첫 번째 인간이었어요.

식당 안은 한가로운 풍경이었죠. 우리 말고 중년의 커플이 있었고 아주머니 둘이 종이컵을 들고 드라마를 보고 있었어요.

나는 강태주의 말간 눈동자를 들여다보았어요.

"저 아줌마는 커피를 쏟을 거고, 저 커플은 싸울 텐데 여자가 뛰쳐나갈 거예요."

그녀의 순진한 눈빛이 묘하게 반짝거렸어요. 내 말이 끝나기 무섭게 아주머니가 드라마에 집중한 나머지 종이컵에 담긴 커피를 쏟고 말았어요.

"앗, 뜨거워!"

아주머니는 호들갑을 떨며 꽃무늬 앞치마를 행주로 닦았어요. 곧이어 커플이 앉아 있는 테이블에서 큰 소리가 오가고, 여자가 냉랭한 얼굴로 식당을 나가버렸죠. 남자는 화가 나 소리를 질렀어요.

"씨발, 니가 그렇게 잘났냐!"

남자가 비틀거리며 식당을 나간 뒤에 강태주는 놀란 얼굴로 중얼거렸어요.

"대체 어떻게 한 거예요?"

나는 그녀에게 자신만만하게 웃어 보였죠.

"마녀한테 이 정도는 식은 죽 먹기예요."

믿음을 위해서 때로 희생양이 필요하기도 하죠. 나는 길 건너편 승용차 바퀴에 갈색 줄무늬 새끼 고양이가 숨어 있는 걸 보았어요. 고양이는 4차선 길을 건너려고 앞발을 들고 있었죠.

나는 감정 없는 목소리로 말했어요.

"아주 작고 여린 게 피투성이가 되겠네요."

태주는 내 말을 이해하지 못하고 두려움이 깃든 눈으로 주위를 두리번거렸어요. 1초, 2초, 3초 후, 새끼 고양이는 4차선 도로를 질주하다 달려오던 트럭 바퀴에 치여 무참히 죽었어요. 아스팔트에 내장이 터진 피투성이가 되어버린 거죠.

"악!"

그녀는 비명을 지르며 두 손으로 눈을 가렸어요. 작고 여린 생명의 죽음은 언제나 눈을 뜨고 볼 수 없을 만큼 처참하고 두려운 것이에요. 태주는 덜덜 떨며 나를 바라보았어요. 눈망울엔 말간 눈물이 고여 있었어요. 그녀를 놀라게 한 건 미안했지만 한 가지는 분명히 얻었죠. 나에 대한 흔들리지 않는 믿음. 그녀의 환해진 동공에서 한 줄기 빛을 보았어요. 태주는 내가 마녀라는 걸 추호도 의심하지 않았죠.

나는 작고 차가운 그녀의 손을 잡았어요.

"나를 믿어요. 당신 아이를 살릴 방법이 있으니까."

태주의 눈은 방금 죽은 새끼 고양이의 사체만큼이나 빨갛게 물들었어요. 그럼에도 그녀는 환하게 웃었어요.

태주는 아침에 눈을 떠 티셔츠 앞섶이 흠뻑 젖은 것을 보았다. 그녀는 스스로가 혐오스러웠다. 누군가 볼까 봐 화장실로 가서 젖비린내 나는 티셔츠를 빨았다. 아이가 죽었는데도 젖이 나오는 몸이 괴물처럼 느껴졌다.

그녀는 약국에서 산 젖 말리는 약과 병원에서 처방받은 수면제를 꺼냈다. 작은방에서 남편의 코 고는 소리가 들렸다. 방바닥에는 소주병 서너 개가 굴러다녔다. 잠든 남편은 암벽이라도 오르듯 잔뜩 인상 쓴 얼굴이었다. 새벽마다 남편의 비명 소리에 놀라 눈을 떴다. 그는 악몽에서 헤어나지 못한 듯 숨을 몰아쉬다가 숨죽여 울었다.

차가운 수돗물을 한잔 따랐다. 그녀는 젖 말리는 약과 수면제 스무 알을 한입에 털어 넣고 물과 함께 삼켰다. 더는 괴물 같은 자신을 보고 싶지 않았다. 아무 생각 없이 오래오래 긴 잠을 자고 싶었다. 눈을 떴을 때 머리가 하얗게 세고 검버섯이 핀 늙은 여자가 되어 있기를 바랐다. 자신이 누구였는지 이름도 나이도 잊어버리고 싶었다.

얼마나 오래 잠을 잔 걸까. 하얀 천장의 창백한 형광등 빛이 눈을 찔렀다. 간호사의 얼굴이 희뿌옇게 보였다.

"강태주 씨, 눈 뜨세요."

시계 초침 소리와 온갖 소음이 밀려들었다. 그녀는 자신이 병실에 누워 있는 것을 알고 몸이 굳어졌다. 출산의 긴 고통, 수술실의 차가운 풍경, 초록색 강보에 싸인 아이, 인큐베이터에서 죽어가던 보랏빛 살결의 아이. 모든 끔찍한 기억이 한꺼번에 밀려와 그녀는 거친 숨을 몰아쉬며 눈을 떴다. 침대 옆에 굳은 얼굴로 서 있는 남편이 보였다. 남편의 눈빛은 그녀를 비난하는 것 같았다. 약을 먹었으면 영원히 깨어나지 말았어야지.

간호사는 링거액이 들어가는 튜브에 주사기로 약물을 넣었다.

"이틀 만에 깨어나신 거예요."

태주는 링거액이 떨어지는 것을 멍하니 바라보았다. 수면제를 넣은 건지 눈꺼풀이 감겨왔다. 발치에 서 있는 남편의 굳은 표정이 신경에 거슬렸다. 그녀도 남편의 얼굴을 다시 보는 것이 반갑지 않았다. 그들은 서로의 눈빛에서 죄책감과 두려움을 마주할 것이다.

그날 저녁, 병원에서 퇴원했다. 남편은 여전히 굳은 얼굴로 운전하며 미간을 찡그렸다. 그녀는 고개를 돌린 채 어두운 창밖을 낯선 눈길로 바라보았다. 남편의 숨소리가 거칠어지며 이죽거리듯 내뱉었다.

"혼자만 달아나려고 했니?"

남편의 목 근육이 사납게 꿈틀거렸다. 그는 분노를 참는 듯 핸들을 꼭 쥔 채 어깨를 떨었다.

"죽는 게 쉬운 줄 알았어?"

남편은 오해하고 있었다. 죽으려고 약을 먹은 게 아니야. 당신 비명 소리를 듣지 않고 잠들고 싶었을 뿐이야. 그러나 생각은 말이 되어 나오지 못했다. 그녀는 문득 자신이 왜 죽으려 했다고 그가 생각하는지 궁금했다. 그들 삶에 덮쳐온 불운은 그녀의 잘못이 아니었다. 그럼 누구의 잘못인가. 그녀는 옆에서 들려오는 남편의 거친 숨소리가 거슬렸다. 그녀는 눈을 찡그리며 그동안 궁금했던 것을 물었다.

"그 애 아들이었어, 딸이었어?"

남편은 얼굴이 파랗게 질려 그녀를 돌아보았다.

"너, 지금 뭐라고 했어?"

그녀는 밤의 도로를 무표정하게 바라보았다.

"당신은 알잖아. 딸이야?"

차 안은 공기의 흐름이 멈춘 듯 고요했다. 남편의 호흡 소리가 점점 거칠어졌다. 그녀는 그 아이가 딸이었다는 것을 깨달았다.

"뜨거웠겠지?"

"그 입…… 안 닥칠래?"

남편은 한마디만 더 하면 그녀를 차창 밖으로 집어 던질 기세였다. 남편의 눈가가 붉게 물들었다. 그녀는 싸늘한 얼굴로 기어코 물었다.

"누굴 닮았지?"

남편은 고개를 절레절레 흔들며 갈라진 목소리로 중얼거렸다.

"진짜 미쳤군."

남편의 얼굴이 검은 돌처럼 딱딱하게 굳어갔다. 남편은 길가에 차를 세우더니 고개를 숙인 채 어깨를 심하게 들썩였다. 그가 물처럼 흘러내리는 것 같았다. 창밖의 어둠은 검은 바다처럼 보였다.

그 순간 그녀는 저주처럼 한마디를 내뱉었다.

"우린, 지옥에 갈 거야."

어디선가 새 울음소리가 들려왔고 그 순간 어둠이 흔들렸다.


태주는 아이가 죽었다는 사실을 자주 까먹었다. 그녀는 멍하니 소파에 앉아 있다가 불현듯 집 안 곳곳을 뒤졌다. 초조하게 서랍장과 화장실과 싱크대를 열어보고 아무것도 떠오르지 않아 손톱을 물어뜯었다. 가장 끔찍한 것은 삶이 계속 반복된다는 사실이었다. 어느 날 밤, 샤워기의 차가운 물을 맞으며 문득 초록색 강보에 싸인 아이 얼굴을 떠올렸다. 인큐베이터에서 힘겹게 살아 있을 때조차 아이를 한 번도 안아주지 못했다는 사실이 떠오르면, 살갗이 조각조각 찢겨나가는 것 같았다.

아무 일도 없다는 듯 아침이 되면 태양이 떠올랐고 밤이 되면 어둠이 찾아왔다. 남편은 병원을 상대로 아무런 항의도 하지 않았다. 지옥 같은 시간을 모두 잊은 것 같았다. 밥도 잘 먹고 잠도 잘 자고 자주 외출을 했다.

그리고 남편은 죽은 아이를 위해 무언가 하려는 그녀를 비웃었다.

"의료사고? 소송을 해? 그게 돈이 얼마나 드는지 알기나 해?"

남편은 아이와는 상관없는 타인처럼 굴었다. 그녀는 남편의 얼굴에 침이라도 뱉고 싶었다.

"그럼, 아무것도 안 하고 이대로 살 거야?"

남편은 침울해진 얼굴로 돌아섰다.

"우리가 할 수 있는 건, 잊는 것밖에 없어."

그녀는 남편의 뒤통수를 노려보았다. 그리고 멈칫했다. 남편의 뒷모습은 어느 때보다 진실되게 사정하고 있었다. 제발 지긋지긋한 시간에서 벗어나고 싶다고.

그녀가 원한 것은 병원으로부터 위로금을 받거나 동정을 받는 게 아니었다. 세상에 왔다가 스물여섯 시간밖에 살지 못하고 떠난 생명이 있다는 것을 사람들이 기억하기를 바랐다. 그들이 코미디를 보고 웃거나 맛있는 음식을 먹거나 멋진 풍경을 보며 여행하는 순간에도, 세상에 왔다가 별처럼 떠난 아이가 있었다는 것을 떠올리길 바랐다. 사람들의 기억 속에서나마 아이가 살아가기를 바랐다.

그녀가 피켓을 들고 거리로 나간 지 일주일이 지나서야 남편은 그 사실을 알았다. 그는 자신과는 상관없다는 듯 건성으로 충고했다.

"쓸데없는 짓 그만둬. 웃음거리만 될 거야."

태주는 남편이 경고를 하든 비아냥거리든 신경 쓰지 않았다. 그가 무슨 짓을 하며 매일 돌아다니는지 묻지 않았으므로 그 역시도 입을 닥쳐야 했다. 그 무렵 제약회사를 그만둔 남편은 다른 일을 찾는지 바쁘게 돌아다녔다. 직장을 옮기고 이사를 해도 잊을 리 없었다. 죽는 순간까지 죄책감에서 벗어날 수 없을 것이라고 태주는 생각했다.

어느 날 낯선 번호로 전화가 걸려왔다. 굵은 중저음의 남자 목소리였다.

"신산부인과 원무과 과장입니다. 그 일로 얼마나 심려

가 크셨을지 충분히 이해가 갑니다. 저희 병원에서 위로 차 찾아뵙고 싶은데 언제가 편하십니까?"

태주는 떨리는 손으로 겨우 휴대폰을 쥐고 있었다.

"만나고 싶지 않아요."

그다음 날, 그녀는 파출소 의자에 앉아 있었다. 사십대 중반의 경찰은 헛기침을 몇 번 하더니 입을 열었다.

"딱한 사정은 알겠는데 내일부터는 안 됩니다. 병원에서 신고가 들어왔어요."

그녀는 아무 말도 하지 않고 철제 책상만 노려보았다. 경찰은 볼펜 소리를 딱딱 내며 인상을 썼다.

"계속 영업 방해하시면 안 됩니다."

경찰은 짜증 난 얼굴로 이내 고개를 돌렸다.

"그만 가보세요. 벙어리도 아니고 왜 대답을 안 해……."

그녀는 돌아서 나가려다 경찰을 바라보았다.

"아저씨, 딸 있어요? 몇 살이에요?"

당황한 경찰은 퉁명스럽게 내뱉었다.

"우리 딸 여덟 살인데, 왜요?"

태주는 어색하게 웃었다.

"우리 딸은 스물여섯 시간밖에 못 살았어요."


그녀는 피켓을 들지는 않았지만 여전히 검은 코트를 입

고 맨발인 채로 거리로 나갔다. 차가운 대리석에 앉아 정물처럼 몇 시간이고 움직이지 않았다. 사람들은 그녀를 흘끔거리며 지나갔다.

그녀는 하루의 대부분을 멍하니 앉아 있었다. 오늘이 며칠인지도, 자신이 누구인지도 종종 잊어버렸다. 베개에 한 움큼씩 머리칼이 빠지더니 흉측하게 살색 두피가 드러났다.

어느 저녁, 남편은 프라이드치킨을 사가지고 왔다.

"너, 너무 말랐어. 어서 먹어."

남편은 그녀가 꼼짝하지 않자 손에 닭다리를 쥐여주었다. 식욕이 없었지만 고소한 기름 냄새에 끌려 닭다리를 베어 물었다. 입 안에서 바삭한 껍질이 부서지고 부드러운 육즙이 흘러나왔다. 그동안 제대로 무얼 먹어본 기억이 없었다. 그녀가 정신없이 닭고기를 먹는 동안 남편은 맥주만 들이켰다. 그는 닭 뼈가 쌓여가는 것을 지켜보다 입을 열었다.

"군산에 내려가기로 했어."

그녀는 남편의 말이 귀에 들어오지 않았다. 머릿속엔 닭고기를 계속 먹고 싶다는 생각뿐이었다.

"이삼 년쯤 걸려."

남편은 닭고기만 먹고 있는 그녀를 외면하듯 고개를 돌

렸다.

"2주에 한 번은 올라올게."

그는 할 말을 다 했다는 듯 안방으로 들어가 문을 닫았다. 그녀는 닭튀김을 베어 물며 중얼거렸다.

"이렇게 맛있는데, 이렇게."

◆

200년 넘게 살아오며 지루하지 않았냐고요? 전혀요. 긴 시간을 살아왔지만 기억에 남는 일은 많지 않아요. 200년 동안 프랑스, 이탈리아, 독일, 영국을 돌며 살아왔어요. 많은 사람을 만났고 마녀가 절실히 필요한 이들에게는 마법을 부리기도 했어요. 하지만 대부분 마법을 쓰기 전보다 더 불행해졌고 끔찍한 결과를 불러오기도 했죠. 마녀는 사람들을 행복하게 만들 수 있는 존재가 아니에요. 사람들의 숨은 열망, 검은 유혹, 악의를 현실로 만들어줄 뿐이죠. 잊지 말아요. 모든 것을 덮을 수 있는 건 오직 검은색뿐이라는 걸. 별이 아름다운 건 그 뒤에 존재하는 어둠 때문이에요.

파리에서는 몽마르트르 근처에서 머물렀어요. 그곳 광

장에서 초상화를 그려주는 일을 했죠. 네, 나는 거리의 화가였어요. 긴 머리칼을 질끈 묶고 검은 스웨터를 입고 항상 파스텔이나 목탄을 들고 있었어요. 나는 초상화를 그려주는 걸 좋아했어요. 말없이 마주 앉아 상대의 짙은 눈썹, 눈동자, 그 아래 드리운 검은 음영을 마음껏 바라볼 수 있었으니까요. 사람은 나이가 많든 적든 자기만의 검은 그림자를 가지고 있어요. 아무 말 없이 30분쯤 상대를 바라보는 건 생각보다 벅찬 일이에요. 나는 꼭 다문 입술과 가늘게 떨리는 속눈썹을 보며 그들 삶 속에 숨은 욕망을 읽어냈어요.

언젠가 바람이 많이 불던 저녁, 몽마르트르 언덕에서 만난 여자가 떠오르는군요. 그녀는 짧은 커트 머리에 깡마른 체격이었는데 꽤 미인이었죠. 특히 모딜리아니가 그린 초상화에 나오는 여인들처럼 코가 길쭉하고 오뚝했어요. 마흔 중반쯤 되어 보였는데 섹시하기도 하고 젊어 보여서 남자들에게 꽤나 인기가 있겠다고 생각했는데, 역시나 남자와 함께 왔더군요. 둘 다 어디서 이미 한잔 걸쳤는지 취기가 느껴졌죠. 남자는 스물한두 살쯤 된 청년이었어요. 조카 같은 어린 남자를 끼고 다니다니. 여자가 대단해 보이면서도 질투가 났어요. 어린 남자는 내 어깨를 툭툭 치며 치기 어린 투로 소리쳤어요.

"저 여자 좀 그려줘, 섹시하게."

더 빠져 있는 건 어린 남자 쪽이었어요. 도도한 여자는 남자에게 눈길 한 번 주지 않더군요. 여자와 마주 앉아 목탄을 쥐고 천천히 얼굴을 스케치하기 시작했어요. 스케치를 하면서 여자의 눈빛이 이상하다는 걸 깨달았죠. 술에 취해 있기 때문이 아니었어요. 그건 감정이 말라버린 박제된 눈동자였어요. 순간 손에 쥔 목탄이 툭 소리를 내며 부러졌어요. 나는 여자의 눈동자에 새겨진 우리들만의 비밀 문자를 발견했어요. 삼지창처럼 생긴 표식, 누군가의 눈동자에서 내 몸에 지닌 것과 똑같은 표식을 보게 될 줄은 생각하지 못했어요. 찬 바람에 그녀의 머리칼이 어지럽게 휘날리더군요. 그녀는 나를 노려보고 있었어요. 그녀가 먼저 나를 알아봤는지도 몰라요. 우리는 환영받지 못하는 마녀라는 것을 말이에요.

세상에는 많은 마녀들이 숨어 살지만 내가 마녀와 맞닥뜨린 것은 몇 번 되지 않았어요. 나도 마녀지만 마녀와 마주치는 게 달갑지만은 않아요. 마녀 중에는 인자하고 유순한 마녀도 있지만 악명 높은 악질 마녀도 있답니다. 나는 그녀가 어느 쪽인지 알 수 없어 긴장했어요. 그녀는 세상 무엇에도 관심 없는 무심한 얼굴로 앉아 있었어요. 어린 남자는 와인을 병째 마시며 낄낄댔어요.

"이봐, 저 여자랑 나 무슨 사이로 보여? 애인 사이?"

마녀인 줄 모르고 여자에게 빠진 남자가 귀엽기도 하고 안쓰럽기도 해서 한마디했어요.

"다른 여자를 찾는 게 좋을 거예요."

어린 남자는 충혈된 눈으로 나를 노려보더군요.

"뭐? 거리에서 그림이나 그리는 네까짓 게 뭘 알아?"

안타깝지만 넌 저 여자를 영원히 가질 수 없어. 네 앞에 있는 여자가 누군지 아니? 만약 여자가 누군가를 사랑한다면 끔찍한 일이 벌어질 거야. 마녀의 사랑을 받았으니 악마들이 가만히 있을 리 없지. 그 사랑의 정체가 뭔지 알아? 한 사람이 다른 심장에 칼을 겨누는 거란다. 결국 칼은 심장 깊숙이 꽂히고 너는 피눈물을 흘리며 심장이 차갑게 굳어가는 걸 지켜보게 될 거야. 겁도 없이 마녀를 사랑한 대가야. 그 칼은 누구 심장에 꽂히게 될까? 너? 아니면 저 여자의 심장? 어느 쪽이 더 고통스러울지 상상해봐. 악마들은 고통스러운 장난을 좋아하지. 그래도 넌 운이 좋은 거야. 네가 사랑하는 여자는 누구보다 냉랭하고 차가운 심장을 가진 마녀니까. 그래서 네가 아직 숨 쉬고 있는 거야.

화가 난 어린 남자는 나를 밀쳤어요. 그 바람에 초상화와 손에 들고 있던 목탄이 바닥에 떨어졌어요. 초상화는 물웅덩이에 빠지고 말았죠. 모두 놀라 물에 젖은 여자의 초상화를 멍하니 바라보았어요. 그때 여자가 젖은 초상화를 집어 들었어요. 초상화 속 여자의 얼굴은 물에 번져 지워져버렸죠. 여자는 물끄러미 그림을 보더니 내뱉더군요.

"이제 나랑 닮았네."

여자는 미련 없이 초상화를 손에서 놓았고 그것은 바람에 실려 날아갔어요. 그 누구도 달려가 초상화를 붙잡지 않았죠. 다만 그것이 검은 새처럼 사라지는 광경을 바라보았어요. 남자는 불길함을 느꼈는지 어깨를 떨었어요. 그때 여자의 눈동자에서 분노와 슬픔이 아른거렸어요. 내가 잘못 본 걸까요? 마녀의 눈동자에 슬픔이라니.

여자는 나에게 다가와 조용히 속삭였어요. 피리를 불듯 아름다운 목소리였죠.

"진짜 마법이 뭔지 알아?"

나는 입이 얼어붙어 아무 말도 못 했어요.

"믿는 거야."

여자의 숨기운이 느껴졌어요. 우리 같은 마녀에게 사랑이라니.

여자는 비밀을 알려주듯 말하고는 내 곁을 떠났어요.

"당신도 언젠가 삶의 비밀을 알게 될지도 모르지."

그들은 와인을 한 모금씩 나눠 마시며 어깨동무를 한

채 멀어졌어요. 마녀의 삶에 비밀이라니. 그녀의 마지막 말을 이해할 수 없었어요. 나도 모르게 어깨가 떨렸어요. 얼마 지나지 않아 여자가 죽게 되리라는 걸 예감했어요. 여자 옆에 저 어린 남자 때문이죠. 여자는 세상에서 가장 어리석은 짓을 하고 말았군요. 아들뻘의 남자를 사랑하게 되다니. 불구덩이에 스스로 뛰어든 마녀네요. 정말 끔찍한 일이죠.

그날 밤 집에 돌아오자마자 짐을 싸서 몽마르트르를 떠났어요. 처음으로 내가 마녀라는 데 회의가 들었죠. 그동안 사람들에게 저주를 내뱉고 그들이 죽거나 미쳐가거나 불행해지는 걸 지켜보며 살아왔어요. 중세의 마녀들과 다르지 않았죠. 웃음소리, 행복한 눈빛, 따뜻한 포옹은 나와는 어울리지 않는다고 생각했어요. 그런데 소멸할 줄 알면서도 사랑을 택한 마녀를 만나게 된 거예요. 저주나 퍼붓는 내가 아닌 죽음도 불사하는 그녀가 진짜 마녀라는 생각이 들었어요. 그 순간이었을 거예요. 진짜 마녀가 되고 싶은 강렬한 열망을 가슴에 품은 때가.

깊이 묻혀 있던 욕망이 뜨거운 용암처럼 끓어오르는 걸 느꼈어요. 어쩌면 진짜 강력한 마녀가 되면 샬럿을 다시 만날 수 있을지도 모른다는 생각이 들었어요. 샬럿의 부드러운 숨소리, 그 애의 살냄새를 한 번이라도 맡을 수 있다면 내 영혼이라도 팔 수 있어요.

미술 도구와 스케치북과 쌓여 있는 그림을 모두 쓰레기통에 내다 버렸죠. 나는 작은 여행 가방 하나를 끌고 독일로 떠났어요. 다른 삶을 살기로 마음먹고 정착한 곳은 프랑크푸르트였어요. 차가운 느낌을 주는 질서정연한 빌딩들과 도시를 가로지르는 은빛 마인강이 마음에 들었어요. 하지만 내가 프랑크푸르트로 온 결정적인 이유는 괴테의 대저택 때문이었죠.

샬럿은 어질러놓는 걸 좋아했어요. 여덟 살이었으니까요. 침대나 소파, 식탁 위에 아무렇게나 놓여 있는 동화책을 내가 치우곤 했죠. 그 애가 실종된 그날, 테이블 위에 있던 책을 나는 똑똑히 기억해요. 『젊은 베르테르의 슬픔』. 괴테가 쓴 책이었죠. 설마 여덟 살짜리가 그 책을 읽었을까요? 수십 번을 읽었는지 표지가 너덜너덜하더군요. 한순간 섬광처럼 무언가 떠올랐죠. 소파에서 그 책을 읽고 있는 남편의 모습이었어요. 차 마실래? 남편에게 물었지만 아무 대답이 없었죠. 그는 나와 한 공간에 있었지만 다른 세계에 있었어요. 그는 괴테의 소설에 완전히 빠져 있었어요. 그저 책을 읽고 있었을 뿐인데 나는 왜 참담한 기분을 느꼈을까요? 그날의 내 감정을 이해하게 된 건 아주

나중 일이었죠. 그는 그 소설이 아니라 다른 것에 빠져 있었어요. 빠져든다는 건 아주 위험하고 고통스러운 일이죠.

사실대로 털어놓으면 나는 그 책을 읽고 정말 실망했어요. 친구의 약혼자에게 속수무책으로 빠져 자살한 멍청하고 나약해빠진 젊은이 이야기였죠. 남편은 그 책의 어느 부분에 그토록 몰입했던 걸까요? 자신이 열정에 사로잡힌 베르테르라도 된 줄 안 걸까요? 사십대 중반의 아저씨 주제에. 어쨌든 샬럿의 실종과 그 책이 어떤 관련이 있을 거라고 믿었어요. 나는 단서를 찾기 위해 그 책을 다시 천천히 읽었죠.

나는 강태주를 지옥에서 구원해주기로 마음먹었어요. 그날 그녀에게 아이를 살릴 잔혹한 방법을 알려주었죠.

"죽은 지 49일이 지나면 생을 넘어 영원한 죽음의 세계로 건너가죠. 당신 아이는 심장이 멎은 지 29일이 지났네요. 남은 시간은 20일뿐이에요. 당신이 그것만 구해 오면 죽음을 삶으로 되돌릴 부활의 묘약을 만들 수 있죠. 만약 실패하면 아이는 죽음의 사자에게 붙잡혀 영원히 돌아오지 못하죠.

여섯 번째 손가락을 잘라 와요. 자궁 속에서 손가락 하나가 더 붙어서 태어난 다지기형. 육손이라고 하죠. 그 안에 악하고 비밀스러운 기운이 깃들어 있는지도 모르고 사람들은 병신이라고 떠들어요.

죽은 네 아이를 살리고 싶으면 여섯 번째 손가락의 저주가 필요해. 누군가에게는 저주가 된 손가락이 당신 아이에겐 생명을 불어넣어줄 거야."

강태주, 너는 연약하지만 가장 위험한 존재로 거듭날 수 있어.

나는 너의 그 절실함을 믿어.


◆◆


태주는 머리카락이 빠진 흉측한 모습으로 유령처럼 거리를 서성였다. 거리에서 핫도그를 파는 아줌마가 그녀를 수상쩍다는 눈빛으로 바라보며 중얼거렸다.

"며칠째 유모차만 쫓아다닌단 말이야."

태주는 초조한 얼굴로 유모차만 보이면 뛰어가 아이를 살펴봤다. 아이 엄마들은 의심스러운 눈빛으로 그녀를 싸늘하게 노려보며 지나갔다. 핫도그 아줌마는 오징어튀김을 씹으며 고개를 갸웃거렸다.

"뭘 잃어버린 건가?"

핫도그 아줌마는 고개를 저으며 튀김반죽 통을 주걱으로 사납게 저었다.

"정신이 반쯤 나갔구먼. 요즘은 정신 나간 것들이 왜 이렇게 많은지."

아줌마는 태주에게 정신이 팔려 초록색 코트를 입은 금발 머리의 외국인이 다가온 줄도 몰랐다. 니콜이 부드럽게 속삭였다.

"아이를 유괴하려는지도 모르죠."

핫도그 아줌마는 태주에게 시선을 떼지 못하고 손사래를 쳤다.

"에이, 무슨!"

"미친 여자는 무슨 짓이든 할 수 있죠."

"설마……."

아줌마는 멍하니 중얼거리다 니콜과 눈이 마주쳤다.

"아이고, 손님이 온 줄 몰랐네. 뭐 줄까?"

니콜은 웃으며 태주를 흘끗 보았다.

"케첩 듬뿍 뿌린 핫도그요."

아줌마는 핫도그를 기름에 튀기면서도 자꾸 태주에게 신경을 썼다. 태주는 또 다른 유모차가 보이자 정신없이 달려가 아이의 손을 덥석 잡았다. 아줌마는 딱하다는 듯

혀를 찼다.

"애 엄마가 질색할 텐데."

니콜은 음흉하게 웃으며 중얼거렸다.

"금팔찌를 채 가려는지도 모르죠."

아줌마는 화들짝 놀라 목소리를 높였다.

"에이, 아냐…… 무슨 사정이 있겠지."

아줌마는 어두운 얼굴로 끓는 기름에서 핫도그를 건졌다. 니콜은 핫도그를 받아 들고 태주를 싸늘하게 바라보았다.

"저 여자 무슨 짓이든 할 거예요. 눈에 아무것도 안 보이거든요."

아줌마는 두려움이 깃든 얼굴로 니콜을 쳐다보았다.

"무슨 짓을 한다는 거야……?"

니콜은 새끼손가락을 까딱이며 차갑게 웃어 보이곤 멀어져갔다. 아줌마는 손가락을 까딱여보다가 멍한 얼굴로 말했다.

"손가락이 뭐 어쨌다는 거야?"

그때 빨간 코트를 입은 여자가 붉은색 잉글레시나 유모차를 밀고 오는 게 보였다. 태주는 날렵한 짐승처럼 유모차로 다가갔다. 여자는 통화를 하느라 태주가 가까이 다가온 것도 몰랐다. 유모차를 본 태주의 눈이 반짝였다.

"아가야, 안녕."

백일쯤 된 아기가 담요에 덮여 곤히 잠들어 있었다. 아이 엄마는 누군가와 언쟁을 하는지 목소리가 높아졌다. 태주는 손을 뻗어 담요를 살짝 젖혔다. 아이가 손을 움켜쥐고 있어 잘 보이지 않았다. 마음이 조급해 덥석 아이의 손을 잡았다. 엄지가 다른 손가락 사이에 감싸여 있었다. 태주가 아이 손가락을 펴는 동안, 아이 엄마가 달려와 다짜고짜 태주를 밀쳤다.

"이 여자가, 지금 뭐 하는 거야?"

태주는 얼이 빠진 얼굴로 수줍게 웃었다.

"아무 짓도 안 했어요."

빨간 코트 여자는 분이 풀리지 않는지 태주의 어깨를 세게 밀쳤다.

"안 하긴! 애 손 잡고 뭐 한 거야!"

지나가던 사람들이 태주와 여자를 보며 수군거렸다. 태주는 여자를 향해 고개를 숙이며 중얼거렸다.

"죄송해요. 죄송합니다."

아이 엄마는 코웃음을 치며 태주를 쏘아보았다.

"돈 거 아냐? 정말 재수 없으려니까."

신호가 바뀌자 빨간 코트 여자는 욕박을 지르고 유모차를 밀며 멀어져갔다. 태주는 멍하니 있다가 아무렇지 않은 듯 다른 유모차를 찾아 두리번거렸다. 여섯 번째 손가락을 찾을 수만 있다면 무슨 짓이든 할 수 있었다.

도시에는 먹물 같은 어둠이 내려앉았다. 태주는 온종일 쏘다니며 여섯 번째 손가락을 찾아 헤맸다. 밤 10시가 넘어 아이들이 모두 잠들자 그녀도 어두운 아파트로 돌아왔다. 현관 앞에 남편의 신발이 보이지 않았다. 군산에 내려간 남편에게선 연락이 없었다. 2주에 한 번 집에 올라오겠다는 남편의 말은 거짓말이었을 것이다. 그녀는 냉장고에서 찬밥을 꺼내 물에 말았다. 식탁에 앉아 물에 만 찬밥을 꾸역꾸역 먹기 시작했다. 밥이 잘 넘어가지 않을 때는 주먹으로 가슴을 쳤다. 그녀는 문득 창밖의 어둠을 바라보았다. 저 어둠 속 어딘가를 떠도는 죽은 아이를 생각하자 또 가슴이 막혔다.

그녀는 밥을 먹다 말고 아이 방으로 뛰어가 서랍을 뒤졌다. 손수건만 한 하얀 배냇저고리를 꺼냈다. 냄새를 맡아봤지만 아이 냄새는 나지 않았다. 그녀는 무언가 떠오른 듯 무서운 얼굴로 안방으로 뛰어가 그것을 찾았다. 장롱 속 깊숙한 곳에서 하얀 보자기에 싸인 유골함을 꺼내 안았다. 그녀는 배냇저고리로 유골함을 감싸고 가슴에 끌어안았다. 발가벗은 아이가 떠오르자 얼어붙은 심장에 금이 가는 것 같았다.

태주는 충혈된 눈으로 창밖 어둠을 보며 중얼거렸다.

"아가야, 기다려. 엄마가 꼭 데려올게."

벽을 기어가던 거미 한 마리가 그녀의 서늘한 목소리에 얼어붙었다.

2장

◆

　사람들은 오해하고 있어요. 마녀는 사람들과 섞여 사는 걸 좋아하지 않는다고. 박쥐의 은신처인 어두컴컴한 동굴에 혼자 산다고. 아니면 구렁이가 웅크리고 있을 것 같은 뾰족한 가시덤불 속에 숨어 산다고 믿죠. 그 믿음은 사실이 아니에요. 마녀도 따뜻한 벽난로가 있는 거실에 놓인 소파나 깃털 이불이 깔린 푹신한 침대를 좋아해요. 여우 울음소리가 들리는 적막한 산속이 아닌 은은한 촛불과 웃음소리가 있는 저녁 식탁에 더 있고 싶어 해요. 마녀는 고독한 삶을 좋아하지 않아요. 우리도 누군가의 이해와 친구가 필요해요. 다만 사람들은 믿고 싶지 않은 거예요. 마녀도 눈물을 흘린다는 사실을.

파리를 떠나 프랑크푸르트에서 한 시절을 보냈어요. 그
곳은 모든 것이 정돈되고 정직한 곳이었어요. 사람들은
지나치게 친절하지도 불친절하지도 않았어요. 계획과 질
서대로 움직이는 삶, 약병의 복용설명서를 정확히 지키며
살아가는 사람들. 그들은 쓸데없이 농담을 하거나 실없이
웃지 않았지만 흥분하거나 화를 내지도 않았어요. 삶에는
예기치 않은 돌발과 함정이 도사리는데 그들은 흔들리지
않는 견고한 바위 같았어요.

그들은 평일에는 정해진 시간만큼 일을 하고, 일요일 오
후에는 광장에 모여 이야기를 나누며 느긋하게 사과주를
마시는 삶을 살았어요. 나도 일요일 오후엔 성당이 보이는
광장 돌계단에 앉아 그들과 섞여 사과주를 마셨어요. 밋밋
하고 시큼털털한 알코올은 그들의 삶을 닮았더군요. 나는
지루하고 아무 일도 일어나지 않는 단단한 시간들이 좋았
어요. 그러나 그건 내 착각이었어요. 단단하고 견고한 시
간은 세상 어디에도 존재하지 않아요. 일상은 길거리에 파
는 설탕 과자보다 약해서 너무 쉽게 부서지죠.

나는 괴테 하우스에 매일 찾아가 서성이다 왔어요. 샬
럿의 실종에 대한 실마리를 찾을 수 있을 거라고 믿었어
요. 샬럿이 사라진 날, 거실 테이블에 놓여 있던 『젊은 베
르테르의 슬픔』을 쓴 작가의 집이었으니까요. 그 아이가

그 책을 읽었는지 알 수 없었지만 지푸라기라도 잡는 심정이었죠.

괴테는 알고 있었을까요? 사랑은 자신을 파멸에 이르게 하는 병적인 집착에 지나지 않는다는 것을 말이에요. 나는 사랑을 믿지 않아요. 사람도 믿지 않지요. 내가 믿는 것은 오로지 나 자신밖에 없어요. 이렇게 말하고 나니 좀 쓸쓸해지네요. 쓰디쓴 블랙커피를 목구멍 너머로 삼키는 것처럼.

괴테는 정말 알고 있을까요? 남편이 자기보다 스무 살이나 어린 계집애에게 빠져든 이유를. 그는 휴일에도 만나는 친구 하나 없고 기껏 철학책이나 읽는 따분하고 지루한 인생을 사는 인간이었어요. 그런 그가 어디로 튈지 모르는 조랑말 같은 어린애에게 빠져들다니. 나는 남편이 기계처럼 차갑고 냉정한 인간이라고 믿어왔는데. 그 여자애에게 노란 장미까지 바쳤더라고요. 아, 그 선명한 노란색 꽃다발. 아직까지 뇌리에서 잊히지 않네요.

천박하고 상스러운 년. 지금도 그 계집애를 생각하면 피가 거꾸로 솟네요. 남의 남자를 꼬시다니, 그 애야말로 마녀가 아니고 뭐겠어요? 어린 양의 피를 묻힌 삼지창으로 그 애 심장부터 항문까지 찔러 활활 타오르는 소나무 가지더미에 던져버렸어야 했는데. 그 죗값을 치러야 했는데.

나는 프랑크푸르트에서 지내는 동안 괴테 하우스에 하루도 빠짐없이 갔어요. 화려한 가구들과 장식품들을 보며든 생각은 하나였어요. 괴테란 작가는 정말 운이 좋았구나. 몇백 년 뒤에도 남길 좋은 작품을 쓰려면 방이 열 개가 넘고 하인이 여럿인 성 같은 저택에서 살아야 하는지도 모른다는 엉뚱한 생각이 들었죠. 작가의 영혼이라는건 돈으로부터 자유로울 때 빛이 나는 건 아닐까. 삶에서욕망과 기대가 사라졌을 때 인간의 어두운 심연을 꿰뚫어보는 눈을 갖는 건 아닌가 하는 의심도 들더군요.

괴테 하우스를 거닐며 쓸데없는 생각을 하고 있을 무렵, 그 사람을 만났어요. 여든 살쯤 된 노신사였는데 자기가 괴테의 친구라는 어처구니없는 말을 하더군요. 200년전에 죽은 작가의 친구라니, 과대망상증이거나 알코올에빠져 사는 미친 노인네라고 생각했죠. 그러나 겉모습은아주 근사했어요. 하얀 치노 바지에 감색 슈트, 체크무늬나비넥타이에 멋진 검정 중절모 차림이었죠. 젊은 시절흑백영화에 출연한 배우였다고 해도 믿었을 거예요. 쌍꺼풀이 있는 깊은 눈매에 높은 콧대를 지닌 미남이었어요.괴테 하우스를 구경하던 관광객들도 한 번씩 돌아봤으니까요. 그와 나는 일주일에 서너 번씩 마주쳤어요. 그러다자연스럽게 눈인사를 하고 말을 나누게 된 거예요. 그렇게 괴짜 노신사와 친구가 되었죠.

우리는 괴테 하우스에서 만나 한두 시간씩 시간 가는 줄 모르고 이야기를 나눴어요. 노신사와 나는 대화가 잘 통했어요. 그는 괴테에 얽힌 이야기뿐 아니라 살아온 이야기를 끝도 없이 했어요. 200년 넘게 살아왔다니 쌓인 이야기도 넘쳐났죠. 이야기를 털어놓을 누군가를 찾고 있었는데 때마침 내가 눈앞에 나타난 거예요. 나는 그의 이야기를 매일 들어주었어요. 어느 날은 괴테의 서재에서 한 시간 넘게 떠들다 관리인에게 시끄럽다고 쫓겨났죠.

노신사가 아쉽다는 듯 입맛을 다시며 제안했어요.

"떠들었더니 목이 마르네. 요 앞에서 맥주나 한잔하겠소? 난 페터요."

우린 그제야 서로의 이름을 알게 되었어요. 술집에는 우리 둘뿐이었고 테이블에는 유리병에 든 작은 초가 꺼질 듯 타오르고 있었어요. 실내에는 흑인 여가수가 부르는 재즈가 흘러나왔어요. 페터는 맥주 한 잔을 다 비우고 만족한 듯 웃더군요.

"근데 말이야. 괴테한테 빚 받을 거 있나? 왜 뻔질나게 찾아와?"

나는 노인이 정말 괴테의 친구라도 되는 듯 노려봤어요.

"모두 베르테르 때문이에요."

페터는 흥미롭다는 얼굴로 나를 바라보았어요.

"소설 속 주인공 얘긴가?"

순간 내 안에 끓어오르는 감정을 멈출 수가 없었어요.

"남의 여자 때문에 권총으로 머리를 날려버린 얘기가 뭐가 재밌다고 수십 번을 읽더니 결국 그이도 젊은 여자 한테 빠져 정신을 못 차렸죠."

그는 눈빛을 반짝이며 맥주를 벌컥 들이켰어요.

"그래서, 둘이 도망이라도 쳤나?"

나는 계집애의 눈빛이 떠올라 치를 떨었어요.

"그 여자는 그이를 버리고 다른 남자를 만나더군요."

페터는 아무렇지 않게 피스타치오를 씹으며 고개를 끄덕였어요.

"괴테 때문이 아니라 여자 때문이었군."

나도 모르게 손이 가늘게 떨렸어요. 노인은 아랑곳 않고 지껄여댔죠.

"사내놈들은 다 그래. 그냥 그렇게 태어난 걸 어쩌겠나."

그 말은 아무 위로나 위안이 되지 않았어요. 오히려 모욕당한 기분이었죠.

"그이는 냉철하고 냉정한 인간이었어요. 달랐다고요! 그이 마음을 흔들어놓은 건 상스러운 계집애라고요. 아니, 여자 때문에 자살하는 소설을 쓴 괴테 때문이에요. 주인공을 따라 죽은 젊은이들이 자그마치 100명이 넘어요. 믿어지세요? 100명이 자기 머리에 방아쇠를 당겼다고요. 순수한 영혼을 끔찍한 파멸로 몰고 간 소설이 그래도 죄악이 아닌가요? 남편이 그 여자애에게 빠진 건 베르테르의 미친 열정 때문이에요. 그건 사랑이 아닌 광기예요. 악 그 자체라고요!"

그는 뭐가 즐거운지 늙은 고양이처럼 히스테릭하게 웃더군요.

"괴테가 지하에서 알면 기뻐하겠군. 초록 눈의 미인이 자기 소설을 씹어대는 줄 알면."

나는 그의 말이 이해되지 않아 빤히 바라보았어요. 페터는 맥주를 들이켜며 말했죠.

"괴테는 늘 말했어. 자기 소설은 악이라고. 그런데 틀렸어."

그는 내 쪽으로 몸을 기울이며 물었어요.

"진짜 악이 뭔지 아나?"

나는 침을 삼키며 아무 대꾸도 하지 못했어요.

그는 내 눈을 꿰뚫어 보며 속삭였어요.

"사람이야."

그러곤 뭐가 즐거운지 불량하게 낄낄거리며 웃는 것이었어요.

나는 순간 몸을 흠칫 떨었어요. 어쩌면 그가 내 정체를 알고 있을지도 모른다는 생각이 들었죠. 사람이 악이라니. 그건 마녀인 나를 향한 화살이었을까요?

페터는 의자에 기대어 과장된 말투로 말했어요.

"우스운 얘기 하나 할까?"

나는 페터 눈동자에 회색 물결이 이는 것을 보았어요.

"나는 피를 마셔. 일주일에 한 번, 와인잔 가득."

그의 농담에 나도 모르게 큰 소리로 깔깔거렸어요. 정말 재치 넘치는 농담이었죠. 경직된 공기를 풀어주고도 남을 만한 이야기였어요. 나는 맥주를 한 모금 들이켰어요.

"사슴 피요? 정력에 좋아서요?"

그는 음흉하게 웃더군요. 피스타치오를 오독오독 씹으며.

"사슴보다 어리고 순수한 아이들 피지. 너무 맑아 아이들 영혼을 마시는 기분이야."

숨을 멈추고 그를 바라보았어요. 농담일 테지만 속이 울렁거렸어요. 와인잔 가득 출렁이는 피를 들이켜는 노인의 모습이 떠올랐어요. 순간 페터의 동공이 보아서는 안 되는 것을 본 것처럼 섬뜩하고 아득해졌어요. 사람의 눈빛이 아니라 죽은 영혼의 눈빛이랄까요? 그는 알코올중독자가 아니라 마약중독자였는지도 모르겠어요. 환각 속에 빠져 사는. 포도주가 아니라 일주일에 한 번 아이들 피를 마시고 있다고 믿는 미치광이 말이에요.

"요즘 드라큘라는 대낮에도 잘 돌아다니네요."

페터는 테이블 위에 타오르는 촛불을 말없이 바라보더 군요.

"400년 넘게 죽지 않고 살아왔어. 이젠 살아 있는 것도 지겨워."

그의 얼굴 깊이 팬 주름은 정말 400년 세월을 거쳐온 듯 고단해 보였어요. 나는 죽지 않고 오랜 세월을 살아 있다 는 게 어떤 의미인지 잘 알아요. 천 년 가까이 살아온 은 행나무를 본 적 있나요? 나무는 오랜 세월을 버티다 고독 그 자체가 되어버렸죠. 흉측하게 말라비틀어진 나무껍질 은 질긴 세월의 껍질이죠. 그것이 얼마나 허망하게 부서 지는지 알지 못할 거예요.

나는 그동안 많은 사람들을 만나왔어요. 자기가 외계인 이라고 믿거나 죽은 여왕이 환생했다고 떠들어대는 사람 들 말이에요. 그런데 아이들의 피를 마시며 400년 넘게 살아왔다는 늙은 드라큘라의 고백은 적잖이 당황스러웠 어요. 그는 농담을 들어줄 친구도 없는 외로운 삶에 지쳐 노망이 들어버렸는지도 모르죠.

페터는 낮은 한숨을 내쉬며 중얼거렸어요.

"날 좀 도와줄 수 있나?"

페터와 눈이 마주쳤어요.

"이제 그만 살고 싶어. 날 좀 끝내줘."

드라큘라라는 고백은 거짓말 같았지만 그만 살고 싶다는 노인의 말은 진심처럼 들렸어요. 아니, 진심이었어요. 나는 마녀예요. 누군가의 눈을 보면 그의 과거와 미래를 볼 수 있어요. 마녀에게도 사람의 마음을 읽는 건 쉬운 일이 아니지만 난 알 수 있었어요. 노인이 누구에게도 털어놓지 않던 진심을 꺼내 보였다는 것을 말이죠. 괴테 하우스에서 잠깐 마주쳤을 뿐인 낯선 존재인 나에게요.

나는 눈앞에 타오르고 있는 촛불을 바라보았어요.

"그 아이들은 어떻게 됐나요? 죽었나요?"

영원불멸한 삶을 위해 아이들이 희생되었으리라 생각했어요. 페터는 순간 아이들을 사랑하는 인자한 할아버지 같은 미소를 짓더군요.

"고아나 찢어지게 가난한 집 아이들이었어. 그냥 두면 굶어 죽었거나 병들어 죽었을 테지."

굶은 상처로 달려드는 파리를 쫓는 커다란 눈망울의 아이들이 떠올랐어요.

"아이들은 학교 선생, 요리사, 변호사, 코미디언이 되었지."

흥미로운 이야기였어요. 아이들을 후원하는 드라큘라 노인이라니.

"굉장하군요."

페터는 기분이 상한 듯 인상을 썼어요.

"흔해빠진 얘기야. 난 돈을 주고 피를 샀고 애들은 그 돈으로 빵을 사고 학비를 냈지."

그들은 서로에게 새 삶을 준 셈이었죠. 페터는 화가 난 듯 내 눈을 노려보았어요.

"괴테는 자기 소설이 악이라고 괴로워하면서도 쓰는 걸 멈추지 못했어."

초에서 촛농이 눈물처럼 흘러내렸어요. 나는 그걸 뚫어 져라 바라보며 뜨거운 눈물을 만져보고 싶은 충동에 시달 렸어요. 순간 그가 손을 뻗어 내 손을 붙잡았어요.

"난 당신이 누군지 알아. 부탁이야, 내 삶을 이만 끝내줘."

나는 그의 손을 잡은 채 희미하게 미소 지었어요.

"그럼 당신은 나에게 뭘 해줄 수 있죠?"

◆◆

열다섯 살 태주는 구산중학교 체크무늬 교복을 입고 맨

뒷자리에 앉아 있었다. 서른여덟 명의 아이 중 누구도 그녀의 옆자리에 앉지 않았다. 아이들은 혈관이 보일 정도로 지나치게 창백한 그녀의 얼굴을 좋아하지 않았다. 급식 시간의 소란으로 태주는 왕따가 되었다.

그날 급식 메뉴로 프라이드치킨이 나왔다. 그녀는 식판을 받아 의자에 앉아서야 그것의 정체를 알았다. 그녀는 치킨을 보지 않으려고 애쓰며 눈을 감았다. 어디선가 삐악, 병아리 울음소리가 들리는 것 같았다. 가슴이 떨렸다. 태주는 눈을 뜨고 그것을 보았다. 식판 위에는 몇 년 전 그녀가 키우던 병아리 나리가 앉아 있었다. 그녀는 먹먹해진 가슴으로 나리에게 손을 뻗었다. 태주의 손이 닿는 순간 나리의 몸뚱이는 축축한 피투성이로 변했다. 태주는 급식판을 내던지며 큰 소리로 비명을 질렀다. 아이들은 놀란 얼굴로 일제히 태주를 돌아보았다.

태주가 닭을 두려워하고 왼쪽 귀가 잘 들리지 않게 된 건 병아리 때문이었다. 병아리 나리가 그녀에게 저주를 내린 것이다. 하지만 병아리를 죽인 건 태주가 아니었다. 가엾은 병아리는 그녀의 아버지가 죽였다. 아버지에게 병아리의 저주가 내린 것은 그로부터 10년이 지난 후였다. 섬유회사 관리직으로 일하던 아버지는 공장 안에서 일어난 원인 불명의 가스폭발로 죽었다. 아버지의 살과 내장

78

은 산산조각 나듯 찢겨져 흔적도 찾을 수 없었다.

그날은 노오란 개나리가 만발한 눈부신 봄날이었다. 모든 불운한 일들은 눈부신 빛 아래 일어난다. 불운은 더 적나라하게 자신을 드러내기 위해 빛을 선택한다. 초등학교 4학년이었던 태주는 학교 앞 골목에서 라면 박스 가득 살아 움직이는 노랑을 보았다. 그것들이 삐악삐악 울어대는 소리에 정신이 혼미했다.

병아리를 파는 할머니는 머리칼이 새하얗고 주름이 많았지만 베이지색 트렌치코트를 입고 새빨간 립스틱을 칠한 멋쟁이였다. 태주는 할머니가 마음에 들었다. 어린 학생들에게 병아리를 팔고 있지만 굉장히 비밀스러운 능력을 숨기고 있을지 모른다는 생각이 들었다.

할머니는 새빨간 입술로 웃으며 말했다.

"한 마리 천 원이야."

태주는 일곱 살짜리 코흘리개가 아니었다. 병아리를 사가 봐야 어차피 닭이 되는 모습을 영원히 볼 수 없으리라는 것 정도는 아는 나이였다.

태주는 구석에서 눈을 감고 꾸벅꾸벅 조는 녀석을 택했다. 어쩌면 이 녀석은 사흘도 못 버틸지 모른다. 시끄럽게 울어대는 병아리보다 비실비실한 녀석에게 왠지 마음이 움직였다.

태주가 천 원짜리 지폐를 건네자 할머니는 검은 봉지에
병아리를 담아주었다.

"예쁘게 키워라. 병아리가 죽으면 노오란 개나리가 피
눈물을 흘리지."

할머니는 이상한 말을 남기고 소리 없이 웃었다. 노오
란 개나리가 피눈물을 흘린다니, 미친 게 분명해. 속으로
욕을 했지만 병아리가 든 봉지를 받아 들 때 이상하게 가
슴이 떨렸다.

다음 날이 되었지만 병아리는 죽지 않았다. 상자 뚜껑을
열자 병아리는 눈을 뜨고 반갑다는 듯 삐악, 울었다. 예상
치 못한 인사에 가슴이 뛰었다. 금방 죽을 줄 알았던 병아
리는 태주가 준 모이와 물을 먹고 살아난 듯했다. 병아리
의 머리를 쓰다듬자 보드랍고 간지러운 느낌이 들었다. 그
녀는 고민 끝에 '나리'라는 이름도 지어주었다.

"나리야."

그녀가 부르면 대답이라도 하듯 병아리는 삐악삐악 울
었다. 나흘이 지나자 나리는 눈에 띄게 건강해지고 활발
해졌다. 그녀는 산책을 좋아하는 나리를 좁은 상자 안에
가둔 게 미안했다.

고요한 밤이면 태주는 나리를 꺼내 방에 풀어놓았다. 나

리는 아장아장 방 안을 돌아다녔다. 그리고 바닥에 펼쳐 놓은 이불 속으로 들어갔다. 나리와 노느라 아버지가 방문을 열고 들어서는 소리를 듣지 못했다.

아버지에게서 술 냄새가 확 끼쳤다. 소보루빵, 카스텔라, 크림빵 같은 것들이 방바닥에 쏟아졌다.

"딸내미, 아빠가 빵 사 왔다."

아버지는 비틀거리다 이불 위로 쓰러졌다. 태주는 뒤늦게 비명을 질렀다.

"안 돼요!"

태주는 병아리가 외치는 마지막 절규를 들은 것 같았다. 아니, 그녀가 들은 것은 나리의 외침이 아니라 작은 물풍선이 터지는 소리였다. 아버지가 엉거주춤 일어나자 이불 위가 금세 붉게 물들었다.

아버지가 이불을 확, 젖히자 노란 털이 피투성이가 된 죽음의 현장이 보였다. 태주는 손으로 얼굴을 가렸다. 병아리 할머니의 말이 맞았다. 노오란 개나리가 피눈물을 흘리고 있었다. 아버지는 무슨 짓을 저질렀는지 모르는 얼굴로 고개를 절레절레 흔들었다. 태주는 아버지를 노려보았다.

"아빠가 죽였어. 살인자!"

당황한 아버지는 죽은 병아리의 사체를 남겨두고 그대로 방을 나갔다. 아버지가 잘못한 건 그녀만 남겨두고 혼자 도망친 것이었다.

그녀는 맨손으로 나리의 사체를 작은 상자에 담았다. 병아리의 사체를 치우는 동안 슬픈 감정은 사라졌다. 그녀는 죽음을 가슴이 아닌 손끝으로 느꼈다. 죽음은 따뜻하고 물렁거렸다.

나리의 죽음 이후 태주는 왼쪽 귀가 잘 들리지 않게 되었다. 소음을 듣지 않아 평화로운 시간도 있었다. 그 일이 있고 나서 그녀로부터 멀어진 것은 아버지였다. 아버지는 예고도 없이 피투성이가 된 죽음을 눈앞에서 재현해 보였다.

◆

한동안 그 여자, 태주를 보지 못한 채 의미 없는 지루한 나날이 흘러갔어요. 내가 두려워 다른 도시로 도망쳤는지도 모른다고 생각했어요. 아니면, 짐승의 사체가 나뒹구는 끔찍한 지하 세계 같은 동네에서 여섯 번째 손가락을 가진 아이를 찾아 헤맬지도 모르죠. 나는 눈이 올 것 같은 흐릿한 하늘을 보며 그녀가 오길 기다렸어요.

그날은 눈이 아닌 겨울비가 쏟아지던 밤이었어요. 자정이 가까운 시간, 식탁과 선반에 양초들은 내가 움직일 때마다 검은 유령처럼 춤추고 있었죠. 유리잔에 담긴 핏빛 히비스커스차를 마시고 있는데 누군가 오피스텔 문을 다급하게 두드렸어요. 이 시간에 마녀의 집에 함부로 문을 두드리다니.

현관으로 걸어가 어안렌즈로 내다보자 비에 쫄딱 젖은 여자가 떨고 있었어요. 강태주였어요. 그녀는 뒤를 돌아보며 흠칫흠칫 떨었어요. 저주받은 여섯 번째 손가락을 찾은 걸까요? 나는 얼른 잠금장치를 풀고 문을 열었어요.

그녀는 뛰어들듯 들어와 공포에 질린 눈으로 나를 바라보더군요.

"아무도 안 쫓아오니까 안심해요."

욕실에서 타월을 꺼내 그녀의 젖은 머리칼과 얼굴을 닦아주었어요. 그녀는 보랏빛 입술을 떨며 몸을 웅크리고 있었어요. 나는 그녀를 위해 따뜻한 카모마일차를 내왔어요.

"이 차가 당신을 진정시켜줄 거예요."

그녀는 떨리는 손으로 찻잔을 들어 한 모금을 마시고 눈을 감았어요. 다시 눈을 뜬 그녀는 내 눈을 바라보며 떨리는 목소리로 말했어요.

"찾았어요. 여섯 번째 손가락."

"아!"

나는 놀라움에 짧은 탄성을 내질렀어요. 기다리고 있었

지만 그녀가 내 말을 믿고 해내다니! 그녀는 아이가 아닌 손가락을 찾았다고 말했어요. 그녀의 눈에는 저주받은 여섯 번째 손가락만 보였는지도 모르죠. 40년 전만 해도 엄마 등에 업혀 여섯 번째 손가락을 빠는 아이와 가끔 마주쳤는데 이젠 볼 수 없게 되었어요. 그 아이들은 사라진 유물 같은 존재가 되어버렸죠. 태어나자마자 감쪽같이 절개 수술을 받기 때문이에요. 손가락 주인인 아이의 허락도 없이 말이죠.

나는 아이의 몸에서 떨어져 나간 작고 하얀 여섯 번째 손가락을 떠올렸어요. 달팽이 뿔처럼 말랑말랑하고 연약한 손가락이 무슨 죄가 있나요? 왜 사람들은 그 작은 것이 재앙이라도 불러올 것처럼 두려워하며 서둘러 떼어버리는 걸까요? 아이들은 몸의 일부였던 손가락 하나를 상실한 채 허전함과 슬픔을 느끼며 살아가야 될지도 모르죠. 저주받고 도려내진 작은 살점은 모두 어디로 사라진 걸까요?

수초가 하늘하늘 흔들리는 초록빛 강물이 흐르고 강가를 따라 눈부시게 하얀 조약돌이 펼쳐져 있어요. 나는 강가를 천천히 산책해요. 물살이 떠내려가는 맑은 소리를 들으며 걷다가 물속에서 반짝이는 것을 발견해요. 그 투명한 것을 햇빛에 비춰 보면 생의 슬픈 무늬가 보이는 것 같아요. 나는 작은 손가락을 미련 없이 강물에 던져버리죠. 강물을 따라 긴 여행을 하다 보면 살점은 물고기의 밥이 되어 사라지고 흰 뼛조각은 보석처럼 떠다니겠죠. 그러다 하얀 소금 바람을 맞으며 조기 떼를 그물로 끌어 올린 젊은 어부가 바늘을 빼내다 작은 뼛조각을 발견할지도 몰라요. 젊은 어부는 뼛조각을 바라보며 알 수 없는 슬픔에 사로잡히게 될 거예요. 삶은 때로는 불가사의하고 매혹적인 비밀 같은 거니까요.

태주는 더 이상 떨지 않았지만 푸른색 패브릭 소파에 앉아 꼼짝하지 않았어요. 나는 맞은편에 앉아 시큼한 핏빛 차를 마시며 지루한 시간을 견뎠어요. 그녀는 무언가를 떠올리는지 미간을 찌푸리다 어린 양처럼 힘겹게 숨을 몰아쉬었어요. 손가락을 찾으려고 끔찍한 지옥을 헤매다 왔는지도 모르죠. 그녀는 눈을 감은 채 소파에 기대 잠들어버렸어요. 나는 가엾은 그녀의 머리칼을 쓸어주지도 흠칫흠칫 떠는 어깨를 잡아주지도 않았어요. 고통스러운 시간을 견디는 것은 오로지 그녀의 몫이에요. 나는 그녀를 지켜보며 밤이 지나가기를 기다렸어요.


프랑크푸르트 시절, 괴테 하우스에서 만난 노인 페터 이야기를 더 해볼게요. 자길 죽여달라고 사정하던 드라큘라 노신사요. 나는 그와 계약했어요. 부탁대로 그의 삶을 끝내주기로 약속한 거예요. 그 대가로 그도 내 부탁을 들어주기로 했죠.

내가 바라는 건 남편의 눈과 귀를 멀게 한 여자애를 파멸시키는 것이었어요. 나는 여자애가 죽기를 바라지 않았어요. 죽음이야말로 평화로운 안식처가 될 테니까요. 나는 여자애가 나처럼 삶으로부터 모욕당하길 바랐어요. 그 검고 더러운 진창에서 허우적거리며 너덜너덜한 누더기가 되길 바랐어요. 내가 느낀 것과 똑같이 배신과 고통 속에서 피눈물을 흘리도록.

페터는 내가 원하는 게 무엇인지 깨닫고 기쁜 듯이 웃었어요.

"여자가 가진 모든 걸 빼앗으면 되겠군. 돈과 사랑."

나는 상상만으로 즐거워 깔깔거렸어요. 페터와 나는 여행 가방 하나씩을 끌고 미련 없이 프랑크푸르트를 떠났어요. 마녀의 삶이란 그런 것이에요. 어느 곳도 사랑하지 않고 정처 없이 떠도는 바람을 닮은 삶.

우리는 이른 새벽, 브리티시 에어웨이를 타고 히드로공항에 내렸어요. 그 여자, 에마의 삶을 파멸시키기 위해서. 길고 긴 인생은 정말 알 수가 없네요. 마녀사냥꾼을 피해 독일로 도망쳤는데 다시 영국 땅에 돌아오게 되다니. 뻣

속까지 스미는 새벽 공기와 회색 안개가 우리를 맞이했어요. 나는 축축한 안개에 신물이 났지만 페터는 마음에 들어하더군요.

"술도 안 마셨는데 몸이 축축 처지는 묘한 날씨군."

나는 택시에 몸을 싣고 경계하듯 주위를 살폈어요. 어딘가에서 교활한 마녀사냥꾼이 우리를 지켜보고 있을지도 모르니까요. 찌뿌둥한 하늘에서 빗방울이 떨어지기 시작했어요.

"겨울엔 뼈까지 뚫고 들어오는 고약한 습기죠."

우리는 한 달씩 장기 렌트를 하는 작은 스튜디오 두 개를 빌렸어요. 페터는 여행객들이 들락거리는 호텔은 어수선해서 싫어했어요. 페터와 나는 바로 옆집에 살게 되었죠. 드라큘라와 마녀가 이웃사촌이라니. 집주인이 우리 정체를 알면 기겁할 거예요.

위층에는 젊은 파키스탄인 부부가 살았어요. 남자는 공항에서 수화물 옮기는 일을 했고 무슬림 여자는 검은 차도르를 쓰고 하루 종일 집 안에서 나오지 않았어요. 계단을 내려오다 한 번 마주친 적이 있는데 검정 눈동자에 굉장히 미인이었죠. 우리는 한마디도 나누지 않았고 지나치듯 눈인사를 했어요. 지금 와서 생각해보니 그녀도 숨어사는 마녀였을지도 모르겠네요.

에마도 이제 서른 살이 넘었겠네요. 남편과 헤어지고 나서 몇 년 후 돈 많은 중년 남자를 만나 스위스 코티지 대저택에 살고 있었어요. 할리우드 배우 부부가 살아서 유명해진 곳이죠. 거리에 굴러다니는 감자튀김, 구겨진 맥주캔 따위는 볼 수 없는 평화롭고 한적한 동네였어요. 근처 프림로즈힐 공원에서는 할 일 없는 백인 젊은이들이 값비싼 화이트와인을 마시며 잔디밭에 누워 있는 풍경을 흔하게 볼 수 있었죠. 어쩌면 에마도 그들 틈에 취해서 뒹굴고 있는지도 몰라요. 프림로즈힐에서 술 취해 나른하게 누워 있는 그들은 이 세상 사람들이 아닌 천국에서 쫓겨난 나태한 천사 같았죠.

드라큘라 신사 페터는 영리했어요. 서서히 에마의 삶을 깊은 수면 아래로 가라앉게 만들었어요. 그는 매력적인 스물두 살짜리 아가씨를 에마의 남편에게 접근시켰어요. 뮤지컬 배우 지망생이었는데 큰 가슴과 엉덩이가 아주 끝내줬어요. 에마의 남편은 다섯 채나 되는 집을 렌트해주고 관리하는 게 일이었어요. 시간과 돈은 많았지만 딱히 할 일은 없는 지루한 삶이었죠. 에마의 남편은 배우 지망생 아가씨에게 쉽게 빠져들었어요. 에마가 알았다면 사랑이 거품처럼 얼마나 가볍고 허망하게 터져버리는지 통탄했겠죠. 그녀도 내 남편을 버리고 미련 없이 지금의 돈 많은 남자를 택했으니까요.

사랑에 잘 빠져드는 타입이 배신을 쉽게 하고 배신을 잘하는 타입이 사랑에 쉽게 빠져들어요. 둘은 씨줄과 날줄같이 끊임없이 얽혀 있는 셈이죠. 그래서 사람들은 스테이크를 먹고 달콤한 디저트를 먹듯 쉽게 사랑하고 배신하고다시 새로운 사랑을 하는 거겠죠. 에마의 남편은 배우 지망생 아가씨에게 속수무책으로 빠져 아무것도 보이지 않았어요. 그는 에마를 다 쓴 휴지 조각처럼 무관심하게 대했죠.

배우 지망생 아가씨는 유혹의 눈길을 보내며 대본대로연기를 잘해주었어요.

"당신 집에 날 초대해줘요."

에마의 남편은 그 말이 무슨 의미인지 알고는 기분 좋게 웃었어요.

그날 아침 식탁에서 에마의 남편은 그녀가 11시에 치과예약이 있고 오후엔 해러즈 백화점에서 쇼핑을 할 거라는얘기를 들었어요. 에마는 남편의 돌변한 태도에 허망감을 느끼고 쇼핑으로 달랬어요. 입지도 않는 원피스를 다섯 벌씩 사고 구두만 열 켤레씩 사는 날도 있었어요. 에마의 남편은 그녀가 나간 사이, 배우 지망생 아가씨를 집으로 불렀어요.

그들이 다정하게 거실 소파에서 키스를 하는 동안, 페터는 출근하는 치과의사의 승용차를 뒤에서 들이받았어요. 둘 다 크게 다치지 않았지만 치과의사는 뒷머리를 운전석에 부딪쳐 가벼운 두통에 시달렸어요. 치과의사는 병원 간호사에게 전화를 걸어 오늘 진료 약속을 모두 취소해달라고 말했죠. 에마는 간호사한테 자신을 진료할 치과의사의 사고 소식을 전해 들었어요. 치통에 시달리고 있던 그녀는 찡그린 얼굴로 치과를 나왔어요.

그날은 나뭇가지가 부러질 정도로 무섭게 바람이 불었어요. 비나 우박이 떨어질 것 같은 고약한 날씨였죠. 나는 집시들이 입을 법한 치렁치렁한 수술이 달린 망토와 패치워크로 만든 롱스커트를 입었어요. 목에는 누의 뿔로 만든 초승달 모양의 목걸이를 했어요. 미래를 점치는 집시처럼 보이기를 바랐어요. 병원 앞에서 우연인 척 그녀와 어깨를 부딪쳤어요. 그 바람에 에마는 휴대폰을 떨어뜨렸죠.

나는 수줍게 웃으며 허리를 숙여 사과했어요.

"정말 미안해요."

그녀는 인상을 썼을 뿐 괜찮다고 말했어요. 몇 년이 지났을 뿐인데 그녀는 내 얼굴을 기억하지 못했어요. 무섭게 부는 바람에 내 머리칼과 망토가 휘날렸어요.

"오늘은 사악한 기운이 많은 날이에요. 얼른 집으로 돌아가요."

그녀는 의아한 표정으로 나를 바라보더군요. 내 얼굴에
서 자신의 남편 얼굴을 떠올린 걸까요? 내 초록빛 눈동자
속의 끓어오르는 적의를 깨달았는지 에마는 아무 말 없이
주차장으로 걸어갔어요. 그녀는 서둘러 차를 몰고 그곳을
떠났어요. 나는 곧장 택시를 타고 그녀를 뒤따라갔어요.

에마의 차는 스위스 코티지 쪽이 아닌 해러즈 백화점을
향하고 있었죠. 길에서 마주친 누더기를 걸친 걸시의 말
은 쉽게 무시하는 불친절한 여자였죠. 아니면 쇼핑에 미
친 여자였거나. 치사하지만 마지막 방법을 쓸 수밖에 없
었죠.

에마의 남편이 샤워하는 동안, 배우 지망생 아가씨는
집 전화로 에마의 휴대폰에 전화를 걸었어요.

"당신 남편이 지금 뭐 하고 있는지 궁금하지 않아요?"

"당신…… 누구야?"

배우 지망생은 여우 같은 웃음소리를 남기고 전화를 끊
었어요. 에마는 그제야 무언가 깨닫고 무서운 속도로 집
을 향해 차를 몰더군요. 그 시각 막 샤워를 마치고 나온 에
마의 남편은 배우 지망생을 향해 성급히 달려들었어요. 아
가씨는 그를 가볍게 밀쳤어요. 에마가 도착하지 않아 아
직 시간을 좀 더 끌어야 했죠. 아가씨는 먼저 와인을 마시

고 싶다고 말했어요. 에마의 남편은 흥분을 억누르며 와인 한 병을 꺼내 왔어요. 그 둘은 천천히 와인을 들이켰어요. 배우 지망생은 시계를 보았어요. 이제 에마가 들이닥칠 시간이라는 걸 알았어요. 그녀는 에마의 남편을 이끌고 침대로 갔어요. 에마의 남편은 정신이 나가 아가씨의 옷을 사정없이 벗기고 키스를 퍼부었어요. 그는 욕망에 눈이 멀어 침실 문이 열리는 소리도 듣지 못했죠.

문을 벌컥 열고 들어온 에마는 얼굴이 하얗게 질렸어요. 침대에 뒹굴고 있는 남편과 자기보다 젊은 여자를 발견하고 지옥이라도 본 듯 뒷걸음질 쳤어요. 남편은 놀라기보다 짜증 난 얼굴로 벗은 몸을 이불로 가렸어요.

"당신 왜 이렇게 빨리 왔어?"

남편은 아무 일도 아니라는 듯 침착한 얼굴이었죠. 에마는 남편이 다른 여자와 뒤엉켜 있는 것보다 남편의 냉정한 얼굴에 충격을 받았어요.

에마는 비명을 지르듯 소리쳤어요.

"내 집에서 무슨 짓이야!"

남편은 미간을 찌푸리며 지겹다는 투로 차갑게 말했어요.

"말은 바로 하지. 여긴 당신 집이 아니라 내 집이야."

에마는 얼어붙은 얼굴로 남편에게 두어 걸음 다가갔어

요. 그러곤 그의 뺨을 갈겨주었죠. 남편은 피식, 웃었어요. 그녀는 순간 남편의 웃음에서 모든 것을 깨달았어요. 침대에 당당히 누워 이 광경을 흥미롭게 지켜보는 젊은 여자에게 전부 다 빼앗겼다는 것을. 남편의 사랑과 근사한 저택과 어마어마한 돈 모두를. 에마는 삶이 뿌리째 뽑혀나가는 고통을 느꼈을지도 모르죠. 에마는 남편과 여자를 침실에 두고 천천히 돌아섰어요.

어두컴컴해진 밖에는 굵은 빗줄기가 쏟아지고 있었죠. 그녀는 차 키를 꺼내 테이블에 두고 집 밖으로 걸어 나갔어요. 빗방울이 그녀의 머리칼과 뺨을 때리고 흘러내렸어요. 나는 멀리서 그 모습을 지켜보며 참으려고 해도 웃음이 자꾸 새어 나왔어요. 어느새 소리 내 깔깔거렸어요. 빗방울이 에마의 뒷모습을 천천히 지워가고 있었어요. 삶의 모든 것을 잃어버린 뒷모습. 그건 내가 본 어떤 풍경보다 통쾌하고 진실되고 아름다웠어요. 그 뒤로 나는 빗속으로 사라진 에마를 두 번 다시 보지 못했죠.

◈◈

검은 코트 차림의 태주는 갈색 가죽 가방을 들고 시외

버스터미널에 서서 주위를 둘러보았다. 오전이었지만 저녁처럼 하늘은 잿빛이었다. 사람들은 커다란 짐이나 배낭을 메고 그들을 어딘가로 데려가줄 버스를 기다렸다. 모두 조금은 긴장되고 지친 얼굴이었다. 태주는 매표소로 걸어가 둔내행 버스표를 샀다. 분홍색 립스틱을 바른 여직원은 돌아오는 티켓은 필요 없느냐고 물었다. 그녀는 고개를 저었다. 혼자서는 절대 돌아오지 않을 작정이었다. 그곳 엘림 천사원에 여섯 번째 손가락이 있었다. 손가락의 주인은 6개월 된 아이였다.

몇날 며칠을 새벽 늦게까지 인터넷을 뒤지다 둔내에 있는 천사원 이야기를 읽었다. 천사원에는 전국에서 버려진 갓난아이들이 모여 있었다. 수건에 돌돌 말린 채 가방에 넣어져 유원지 화장실이나 전봇대 앞 혹은 모텔 화장실에서 발견된 아이들이었다. 아이를 낳은 여자들은 중학생이나 고등학생이었다. 어린 엄마들은 돈이 없어 임신중절수술을 받지 못했고 태아를 자궁에 방치했다. 태아는 어린 엄마의 두려움과 불안을 먹고 매일매일 놀라운 속도로 자라났다. 그리고 예고도 없이 짧은 진통과 함께 세상으로 나왔다. 둔하고 미련한 어린 엄마들은 출산일이 다가오는 것도 모른 채 낯선 동네의 공용화장실에서 천사를 낳았다. 천사원에 모인 천사들은 운이 좋게 살아남았다. 자궁

밖에서 처음 마주친 어린 엄마 앞에서 앙칼지게 울지 않았기 때문이었다. 운이 나쁜 천사들은 어린 엄마를 당황시킨 죄로 입이 틀어막혀 질식사했다.

천사원 아이들은 정말 버려진 천사 같았다. 천사들 중에 한 아이는 왼손이 육손이라고 했다. 태주의 입에서 기쁨의 짧은 신음이 흘러나왔다.

"널 얼마나 찾아 헤맸는데 거기 있었구나."

둔내로 가는 차창 밖에는 눈 쌓인 산이 끝도 없이 이어졌다. 태주는 처음엔 아름답다고 생각하다가 저 눈 속에 파묻혀 있는 것들을 떠올리며 얼마나 추울까 몸이 떨려왔다. 지난 9일 내내 잠을 서너 시간밖에 자지 못해 눈꺼풀이 자꾸 감겨왔다. 그녀는 잠든 사이 둔내를 지나쳐 천사를 영영 만나지 못할까 봐 힘겹게 눈을 뜨고 있었다. 버스가 설산 주위를 빙글빙글 도는 것처럼 어지럽고 멀미가 났다.

속이 울렁거리는 와중에 통로 옆자리에서 남자의 느끼한 목소리가 들려왔다. 사십대 중반의 남자와 자주색 코트를 입은 십대 여자아이가 나란히 앉아 있었다. 여자아이는 얼굴에 하얗게 화장을 하고 체리색 립글로스를 발랐지만 열일곱 살 정도밖에 보이지 않았다. 그들 주위에 떠도는 불결하고 끈적한 공기 때문에 태주는 멀미가 날 것 같았다.

사탕을 핥는 듯한 여자아이의 목소리가 들려왔다.

"둔내에 가면 뭐가 있어요?"

남자는 음흉하게 웃으며 중얼거렸다.

"네가 보고 싶은 게 다 있지."

태주는 청바지에 검은 패딩을 입은 남자가 실실 웃는 걸 보았다. 어디선가 퀴퀴한 악취가 풍겨왔고 태주는 냄새의 진원지가 남자일 거라고 믿었다.

"난 반짝이는 대관람차를 보고 싶은데."

남자는 늙은 개처럼 입술을 달싹거렸다.

"난 반짝이는 네 가슴을 보고 싶은데."

잠꼬대를 하는 듯 여자아이의 목소리가 나른하게 들렸다.

"미친."

남자는 어떻게 어린 여자아이를 유혹해 고속버스에 태운 걸까. 이런 겨울날 산골 마을에 대관람차라니. 얼어붙은 산과 문 닫은 가게들과 사람이 살지 않는 동네가 그들을 기다리고 있을 것이다. 그들은 허름하고 낡은 모텔에 숨어들어 끔찍한 시간을 보내게 될 것이다.

남자의 굵고 뭉뚝한 손가락이 여자아이의 뺨을 쓰다듬었다. 여자아이는 앓는 고양이 같은 신음 소리를 내며 잠속으로 빠져들었다. 태주는 갈색 가죽 가방 속에 숨겨온 반짝이는 헹켈 가위를 떠올렸다. 헹켈 가위는 변변치 않은 칼보다 나았다. 작은 손가락뼈 하나쯤은 눈 깜짝할 사이 잘라낼 수 있었다. 남자는 잠든 여자아이의 허벅지로 슬며시 손을 뻗었다. 태주는 가위를 꺼내 남자의 손가락을 잘라버리고 싶은 충동을 떨쳐내느라 어깨를 떨었다.

어느덧 버스는 버려진 선박처럼 쓸쓸한 둔내 시외버스 터미널에 도착했다. 태주는 가방을 움켜쥐고 남자와 여자아이로부터 도망치듯 서둘러 버스에서 내렸다. 그녀는 길가에 서 있는 택시를 향해 손을 흔들었다.

"엘림 천사원이요."

택시기사는 모처럼의 손님이 반가워 한마디를 했다.

"날도 추운데 좋은 일 하러 가시네요."

남자와 여자아이가 버스에서 내려 당황한 얼굴로 주위를 두리번거리는 것을 보았다. 여자아이의 눈빛은 여전히 맹하고 흐릿했다. 태주는 여자아이가 신경 쓰였지만 택시는 그들로부터 빠르게 멀어졌다. 문을 닫은 호프집과 미니슈퍼와 윤희의상실이 보였다. 거리에는 사람들이 보이지 않았고 황량한 바람만 불었다. 태주는 가방을 꼭 쥔 채 창밖의 회색 풍경을 바라보았다.

천사원은 3층짜리 하얀 건물로, 꼭대기에 십자가가 있어 기도원 같은 분위기를 풍겼다. 입구에 달린 나무 푯말에 칠이 벗겨진 '천사원'이라는 글자가 보였다. 뒤편에는 메타세쿼이아 나무가 둘러싸고 있었는데 겨울이라 뼈대만 남아 유령 손가락 같았다. 앞마당 화단엔 말라비틀어진 잡초가 여기저기 널려 있었다. 숲 어딘가에 숨은 까마귀들이 까악까악 울어댔다. 태주는 죽은 잡초를 밟으며 천사원으로 들어갔다.

오십대 중반의 안젤라 원장은 긴 생머리에 은테 안경을 끼고 있었다. 삐쩍 마른 체형과 카랑카랑한 목소리 때문에 여학생 기숙사의 사감을 떠올리게 했다. 안젤라 원장은 엘림 천사원이라는 글자가 쓰인 하얀 앞치마를 건네며 입꼬리를 올리고 웃었다.

"이렇게 추운 날 멀리까지 와주시다니 정말 기뻐요. 천사들이 기다리고 있으니 어서 가보세요."

안젤라 원장은 웃고 있었지만 눈빛은 얼음장처럼 차가웠다. 그녀가 입을 열 때마다 약초 냄새가 났다. 아이들을 돌보는 일보다 박물관에서 박제된 동물을 관리하는 편이 더 어울릴 것 같은 여자였다.

은총 반의 방문을 열었을 때 태주는 얼어붙은 듯 움직이지 못했다. 그곳에는 너무 많은 아이들이 있었다. 누워 있거나 엎드려 있거나 벽을 잡고 서 있는 아이들이 일제히 그녀를 돌아보았다. 까만 눈동자에 보드라운 하얀 살결, 아이들은 갓 태어난 새끼 양 같았다. 열 명이 넘는 아이는 각기 다른 얼굴이었지만 모두에게서 비슷한 결핍의 분위기가 느껴졌다. 오십대 중반의 자원봉사자 아주머니가 뒤엉켜 있는 아이들 사이에서 혼자 진땀을 흘렸다. 태주는 몇몇 아이들이 자신의 버려진 삶을 알고 있는 듯 울음을 터뜨리는 것을 바라보았다.

태어난 지 1년도 안 된 아이들은 기어다니거나 몇 발짝 걷다 넘어졌다. 태주가 멍하니 서 있는 사이, 몇 명의 아이들이 낯가림도 없이 기어왔다. 엄마, 엄마⋯⋯. 아이들은 어눌하게 외치며 태주에게 달려들었다. 태주는 다리에 힘이 풀려 그대로 주저앉아 처음 보는 아이들을 두리번거렸다. 그녀는 가슴이 두방망이질 치고 머릿속에서 바람 소리가 들려왔다. 한 아이가 침을 흘리며 그녀의 무릎에 올라와 앉았다. 다른 아이는 그녀의 어깨를 부둥켜안았다. 아이들의 달콤한 체취와 젖비린내에 숨이 막힐 것 같았다. 엄마? 엄마? 아이들은 작은 입술을 벙긋거리며 새처럼 울었다.

자원봉사자 아주머니가 아이의 기저귀를 갈며 까랑까랑한 목소리로 말했다.

"여기 애들은 아무나 보고 엄마라고 한다니까."

아주머니의 팔과 등에도 서너 명의 아이들이 달라붙어 있었다.

"끈끈이처럼 붙으면 떨어지지도 않아."

태주는 어색하게 웃으며 고개를 숙였다. 아주머니의 거친 손놀림과 미간의 주름을 보고 아이들을 좋아하지 않는다는 것을 알았다.

태주는 아이들의 살결이 너무 하얗고 말랑말랑해 당황스러웠다. 아이들의 머리칼과 몸에서 들큼한 땀 냄새가 났다. 너희들은 이렇게 살아 있구나. 순간 인큐베이터 안에서 팔다리를 떨던 그녀의 아이가 떠올랐다. 몇몇 아이들은 콧물과 침을 흘리며 자기들끼리 뒤엉켜 울음을 터뜨렸다. 아무도 원하지 않았어도 악착같이 살아남았구나. 그녀의 귀에는 아이들의 울음소리가 아니라 바람 소리만 무섭게 들렸다.

아주머니가 그녀의 어깨를 치는 바람에 태주는 정신이 돌아왔다.

"뭐 해? 일 안 할 거야? 철이는 다른 애 분유병을 잘 뺏어. 민준이는 울보. 아연이는 종일 손가락 빨고. 재민이는 애들을 물지. 송이는 분유는 안 먹고 새우깡에 환장하고. 하은이는 새침데기. 빈이는 애들을 할퀴고. 준수는 설사를 잘해. 저기, 벽에 머리 박는 애는 가연이. 마지막으로 천사원의 순둥이, 율이."

태주는 누가 하온이고 누가 준수인지 알 수 없었다. 그럼에도 고개를 끄덕이며 아이들을 하나하나 돌아보았다. 너희들 중에 천사가 있니? 태주는 아이들을 보자 가슴이 떨렸다.

아주머니는 벽에 머리 박는 애를 떼어놓고 한숨을 내쉬었다.

"애들한테 엄마처럼 다 해주면 돼. 먹여주고 치워주고 재워주고."

당신이 틀렸어. 엄마는 그렇게 무표정한 얼굴로 아이를 바라보지 않아.

아주머니는 우는 아이를 무성의하게 한 팔에 하나씩 안아 바닥에 깔린 이불 위에 내려놓았다. 엄마는 한순간도 아이를 짐짝 옮기듯 하지 않아.

엄마는 아이를 그리워하며 먼 가시밭길을 걸어가. 발바닥이 피투성이가 되어도 아이를 생각하며 웃음을 짓지. 살은 녹아내리고 머리칼은 새하얗게 변해 바람에 날아가. 저 바람 소리처럼 처연하게.

태주는 아주머니를 향해 차갑게 웃어 보였다. 아주머니는 지겹다는 듯 인상을 찌푸리며 태주를 향해 소리쳤다.

"기저귀를 갈아도 끝이 없네. 뭐 해? 철이 똥 쌌잖아!"

태주는 뚱한 표정으로 앉아 있는 남자아이를 어색하게 안았다. 그녀는 작은 목소리로 속삭였다.

"누가 손가락이 여섯인지 아니?"

태주는 이 방에 들어온 이후로 한순간도 잊지 않았다. 그녀의 시선은 곤충의 눈처럼 여섯 번째 손가락을 찾느라 바쁘게 움직였다.

그날 하루가 어떻게 흘러갔는지 모르게 어둠이 찾아왔다. 뒷숲 어디선가 부엉이 울음소리가 들렸다. 열 명의 아이를 목욕시키고 나자 온몸이 땀투성이였다. 태주는 아이 엉덩이에 파우더를 바르고 몸에 로션을 바르고 기저귀를 채우고 내복을 입혔다. 아이들은 엄마의 자궁 속에서의 날들을 기억하는지 목욕 시간을 좋아했다. 따뜻한 물에 몸을 담근 아이들은 내복을 입기도 전에 졸았다. 태주는 말랑말랑한 아이들의 몸에 로션을 바르다 그 살결에 얼굴을 파묻고 싶은 충동에 시달렸다.

그녀는 수건에 싸인 마지막 아이를 건네받았다. 아이는 눈을 감은 채 깊은 잠에 빠져 있었다. 그녀는 아이의 몸에 로션을 바르다 멈칫 얼어붙었다. 그토록 찾던 여섯 번째 손가락이 있었다. 가슴이 미친 듯이 뛰었다.

어느새 목욕탕에서 나온 아주머니는 태주의 등짝을 때

리며 호들갑을 떨었다.

"내복 안 입히고 뭐 해? 안젤라 원장이 알면 큰일 나. 걔가 원장 양아들이야."

태주는 꿈에서 깨어난 듯 서둘러 내복을 입혔다.

"양아들이요?"

아주머니는 젖병을 흔들며 대수롭지 않게 말했다.

"진짜 부모가 나타날 때까지만 내 딸, 내 아들 하는 거야. 입양은 뭐 아무나 하나? 저기 손가락 물고 자는 애가 내 양딸이야."

아주머니는 따뜻한 분유가 담긴 젖병을 아이들에게 하나씩 안겼다. 목욕 후에 노곤해진 아이들은 고사리손으로 젖병을 쥐고 빨다가 다 먹지도 못한 채 잠에 빠져들었다. 아주머니는 분유를 타다 말고 잠든 아이들을 보며 중얼거렸다.

"근데 양딸이 입양되면 서운하더라. 진짜 딸 빼앗기는 기분이라니까."

태주는 안젤라 원장의 차가운 눈빛을 떠올렸다. 내일이면 원장의 양아들 율이는 손가락 하나를 잃게 될 것이다.

천사원 아이들이 모두 잠든 밤은 고요하고 평화로웠다. 메타세쿼이아 숲 사이에서 부엉이 울음소리만 들려올 뿐 조용했다. 그녀와 함께 일한 아주머니는 코를 골며 곯아

떨어졌다. 태주는 하얀 손수건에 싸인 헹켈 가위를 쥐었다. 달빛이 창문으로 스며들어 주위를 밝혀주었다. 창밖에 바람 소리가 무섭게 들려왔다.

그녀는 은총 방의 손잡이를 돌렸다. 찰칵, 하는 마찰음에 아이들 몇몇이 뒤척였다. 어둠 속에서도 여섯 번째 손가락을 가진 아이가 희뿌옇게 보였다. 한 발짝씩 소리 없이 아이에게 다가갔다. 그녀는 자장가를 불러주듯 나직이 중얼거렸다.

"너희는 하느님께 감사해야 돼."

방 안에는 젖내 나는 달큼한 날숨이 떠돌았다.

"버려졌지만 살아 있잖아."

태주는 걸음을 멈추고 잠든 한 아이를 무표정하게 내려다보았다.

"내 딸은 사흘밖에 못 살았어."

그녀는 아이에게 다가가 사죄하는 것처럼 무릎 꿇었다.

"그러니까 엄마, 아빠가 없다고 나쁜 아이로 자라선 안돼."

그녀는 손수건에서 꺼낸 번쩍이는 가위를 손가락에 끼웠다.

"세상엔 쓸모없는 부모가 더 많단다."

태주는 조심스럽게 잠든 아이의 왼손을 그러쥐었다. 보

드라운 아기 새를 쥔 것 같았다. 어둠 속에서 여섯 번째 손가락은 상아처럼 빛났다. 태주는 한순간 슬픈 얼굴을 했다. 정말 눈물이 떨어질 것 같았다.

"아가야."

잠든 율이는 대답이 없었다. 그녀의 숨결이 가늘게 떨렸다.

"넌 다른 아이보다 하나를 더 가졌잖아."

순간 태주의 얼굴에서 슬픔은 사라지고 눈빛은 묘한 광채로 빛났다.

"그러니까 손가락 하나쯤 내 딸 줘도 괜찮지?"

태주는 여섯 번째 손가락 말고는 아무것도 생각하지 않았다.

"넌 천사잖아."

그녀의 입가에 두려움과 기쁨이 섞인 이상한 미소가 감돌았다. 아이의 고통이나 천사원의 평화로움 따위는 상관할 바가 아니었다. 오직 작은 이빨 같은 여섯 번째 손가락만을 생각했다. 그래도 두려웠고 도망치고 싶었다. 한순간 피 묻은 초록색 강보에 싸여 눈을 감은 아이의 얼굴을 떠올렸다. 그녀는 자신이 낳은 딸을 만져보거나 안아보지도 못했다. 그런 생각이 들자 머리가 얼음처럼 차가워지며 정신이 선명해졌다.

그녀는 숨을 멈췄다. 세상의 모든 것이 멈춘 듯 고요했다. 고요 속에서 기괴하고 소름 끼치는 가위질 소리가 모든 것을 깨우듯 뒤흔들었다.

한순간 천둥소리가 울려 퍼졌다. 아이들이 경기를 일으키듯 깨어나 울음을 터뜨렸다. 울음소리는 전염된 듯 무섭게 번져나갔다. 손가락을 잘린 아이가 누구인지 알 수 없을 정도로 여기저기서 비명 같은 울음소리가 울려 퍼졌다.

정신을 차렸을 땐 태주는 이미 가방을 든 채 숲속을 달리고 있었다. 주머니 속에는 애타게 찾아다니던 여섯 번째 손가락이 손수건에 싸여 있었다. 멀리서 이리 울음소리가 들렸다.

율이는 정말 천사일지도 모른다. 손가락이 잘려도 울지 않았다. 어쩌면 율이는 손가락이 잘린 순간, 태어나 처음 겪는 끔찍한 고통에 의식을 잃었는지도 모른다. 열 명의 아이들 울음소리는 고요한 숲의 정령들을 깨우기에 충분했다.

어둠 속에선 굵은 장대비가 쏟아지기 시작했다. 비에 젖은 나무들이 그녀를 가로막듯 가지를 떨었다. 멀리서 그녀를 부르는 소리가 들렸다. 검은 머리칼을 풀어 헤친 안젤라 원장이었다. 안젤라 원장은 빗속에서도 무서운 속도로 쫓아왔다. 둘의 거리는 점점 좁혀졌다. 태주는 튀어나온 나무둥치에 넘어져 고꾸라졌다. 어느 틈에 달려온 안젤라 원장이 그녀의 머리채를 틀어쥐고 헐떡거렸다.

"너, 애한테 무슨 짓 했어?"

태주가 노려보자 안젤라 원장은 다짜고짜 따귀를 갈겼다. 태주는 입가에 흐른 피를 닦지도 않은 채 말했다.

"사정이 있어요. 제발 저를 놔주세요."

쏟아지는 비와 숲의 정령들이 안젤라 원장을 더 흥분시켰다. 안젤라 원장은 허공을 보며 마녀처럼 깔깔거렸다.

"너 돌았구나. 나도 그게 어떤 건지 잘 알지."

그러다가 돌연 광채 나는 눈으로 태주를 쏘아보았다.

"버림받은 애들한테! 세상에서 제일 불쌍한 애들한테! 네가 무슨 짓을 한 줄 알아?"

안젤라 원장이 그녀의 멱살을 잡고 흔들자 숨이 막혀왔다. 태주는 간신히 내뱉었다.

"저 애들보다 더 불쌍한…… 아이……."

안젤라 원장은 동공이 열리며 멈칫했다. 태주는 고개를 끄덕이며 웃어 보였다.

"이름도 없이…… 발가벗겨져…… 고통 속에…… 살다간 아이……."

"뭐?"

안젤라 원장이 당황한 얼굴로 손에서 힘을 빼자 태주는
속삭였다.

"바로 내 딸."

그 순간 태주는 있는 힘을 다해 안젤라 원장을 밀쳤다.
안젤라 원장은 발을 헛디며 내리막길로 떼굴떼굴 구르다
나무둥치에 몸이 걸려 멈췄다. 혹시 죽었을지도 모른다는
두려움에 심장이 미친 듯이 뛰었다. 하지만 놀랍게도 안
젤라 원장은 비틀거리며 일어났다.

"너, 절대 가만히 안 둬!"

안젤라 원장의 손에는 둔탁한 돌덩이가 들려 있었다.
태주는 숲길을 내달렸다. 안젤라 원장의 날카로운 손톱
이 목덜미를 낚아챌까 봐 돌아볼 수가 없었다. 태주는 젖
은 나뭇잎을 밟아 미끄러져 양쪽 무릎이 까져 피가 흘렀
지만 달리는 것을 멈추지 않았다. 주머니 속에 여섯 번째
손가락을 빼앗기게 될까 봐, 그래서 아이를 살리지 못하
게 될까 봐 심장이 터질 것 같았다. 이대로 숨이 멎을 때
까지 달릴 것이다. 마녀 니콜에게로. 마녀가 그녀의 꿈을
이루어줄 것이다. 태주는 아무것도 보이지도 들리지도 않
았다.

◆

　우리가 두려워하는 거요? 뱀? 지네? 그런 것들은 귀엽
죠. 살인자? 사제? 그들은 마녀에게 아무 위협도 못 돼요.
우리가 두려워하는 존재는 늘 우리를 쫓는 마녀사냥꾼이
에요. 그들은 우리가 잠든 순간에도 우리를 쫓고 있어요.
그들을 잊고 있는 순간에도 그들은 우리를 잊어버리는 법
이 없어요. 제일 끔찍한 사실은 마녀사냥꾼은 한 마녀만
쫓는다는 거예요. 보통 사냥꾼하곤 다르게 타협이라는 게
안 통해요. 토끼를 쫓다가 사슴을 발견해도 목표를 바꾸
지 않아요. 사냥을 멈추는 순간은 그들이 쫓던 마녀가 잡
힐 때뿐이죠.

　에드워드는 나를 쫓는 마녀사냥꾼이에요. 종합병원 암
센터 과장, 늘 헝클어진 머리와 충혈된 눈이 그의 트레이
드마크죠. 사람들은 몰라요. 그가 암환자를 치료하느라 피
곤에 찌들어 있는 줄만 알아요. 매일 핏발 선 눈으로 환자
를 마주하는 건, 마녀인 나를 쫓기 때문이에요. 그의 하루
수면 시간은 세 시간 남짓 될까요? 한편으론 그가 가엾다
는 생각이 들어요. 그렇게 늘 수면 부족으로 살면 생명이
단축될 텐데. 날 쫓는 시간에 잠이라도 푹 자면 환자들 차
트를 헷갈리는 일은 없을 텐데 말이죠. 알 수 없는 일이죠.

그가 나를 쫓느라 심장마비로 먼저 죽을지 아니면 그의 소망대로 나를 저세상으로 보내게 될지. 어느 쪽이든 슬픈 결말이네요.

우린 사냥꾼과 먹이가 아닌 친구가 될 수도 있었을 텐데. 닮은 점이 하나도 없지만 그게 매력이 될 수 있겠죠. 난 실수투성이고 그는 완벽주의자죠. 그는 합리적이고 난 즉흥적이에요. 그런데 정말 우스운 게 뭔지 알아요? 그렇게 잘난 그가 나를 번번이 놓친다는 거예요. 상식적으로 생각하면 벌써 잡혔어야 하는데 난 아직까지 자유의 몸으로 마음대로 활보하고 다녀요.

에드워드는 주도면밀하고 계획적인 인간이에요. 무수한 계획에도 그가 나를 생포하지 못한 건 내가 그의 계획대로 움직인 적이 없기 때문이에요. 나는 계획이란 게 애초부터 없는 여자니까요. 세상에서 가장 무서운 건 마음대로 사는 여자일지도 몰라요. 나는 촘촘한 거미줄 같은 그의 포위망을 빠져나가는 피라미 같은 존재예요. 그는 뛰어난 사냥꾼이지만 한 번도 내 마음을 읽은 적이 없어요. 그는 죽어도 내 마음을 이해하지 못할 거예요. 우린 이 세계에 초대받지 못한 이방인 같은 존재들이니까.

마녀사냥꾼은 자신의 정체를 숨기고 마녀에게 접근해야 돼요. 마녀가 방심한 순간에 생포해 처형대에 올려야 하죠. 그런데 나는 그의 얼굴을 너무 잘 알아요. 날렵하고 외로움이 느껴지는 콧날, 술에 취한 듯 충혈된 눈, 고집스럽게 다문 얇은 입술, 면도하지 않은 푸르스름한 턱선, 눈을 감고도 그의 모습을 떠올릴 수 있어요. 다른 사람으로 감쪽같이 분장하고 나타나면 모를까. 멀리서도 한쪽 어깨가 처진 채 고개를 숙이고 걸어오는 그를 알아볼 수 있죠. 나를 발견하기 전에 내가 먼저 그를 알아볼 거예요. 우리도 한때는 세상 사람들이 말하는 친구였으니까요. 그가 마녀사냥꾼이라는 정체를 드러내기 전까지는요.

고백하는데, 나는 세상 누구보다 그를 증오하고 누구보다 그를 동정해요.

벌써 20년 전의 일이네요. 그와 처음 만난 건 크리스마스를 앞둔 12월의 어느 날이었어요. 우린 런던의 워털루역에서 만났어요. 나는 크리스마스를 보내려고 가족이 있는 노팅엄으로 내려가는 길이었어요. 가족이라고 해봐야 아흔 살이 넘은 혼자 사는 할머니가 전부였어요. 한 손엔 할머니께 드릴 초코 퍼지와 사탕이 든 쇼핑백을 들고 있었어요. 하늘은 찌푸렸지만 눈이 내리진 않았어요. 화이트 크리스마스거나 말거나 나랑은 상관없는 일이었죠.

그날 나는 조금 취했어요. 그 무렵 런던 중심가에 있는

포일스라는 100년 넘은 서점에서 일하고 있었어요. 그날은 일이 끝난 뒤 동료들끼리 근처 펍에서 술을 한잔씩 마셨어요. 눈치채고 있었지만 거기서 데이비드와 에이미의 결혼 발표 소식을 들었어요. 둘은 이미 다 아는 공공연한 연인 사이였거든요. 크리스마스를 앞두고 서프라이즈 뉴스를 발표한 거예요. 나는 누구보다 기뻐하며 건배를 하고 박수를 쳐주었죠. 그런데도 기분이 묘하더군요.

나는 데이비드와 나 사이에 작은 불꽃이 일렁였다고 믿고 있었어요. 어리석은 착각이었던 거죠. 그건 그저 술김에 했던 키스 한 번, 찰나의 눈빛, 미묘한 공기 같은 거였어요. 나는 쓸쓸해졌어요. 다른 여자와 결혼하면서 나랑 장난을 친 데이비드가 아니라 나 자신 때문에요. 그런 사소한 호의와 눈빛에도 마음이 흔들리는 나의 어리석음이 한없이 쓸쓸하더군요. 아니, 쓸쓸했기 때문에 흔들렸는지도 몰라요. 그날 저녁 부끄러움과 수치심에 맥주와 와인을 조금 많이 마셨어요. 그리고 기차 시간 때문에 다른 사람들보다 먼저 그곳을 빠져나왔어요.

기차역은 참 이상한 장소예요. 기차역에 서 있으면 모든 것을 잊고 무정부주의자가 되는 꿈을 꿔요. 워털루역을 서성이며 기차를 기다리는데 비장한 기분이 들더군요. 달려오는 기차를 타고 멀고 먼 나라로 떠나 다시는 돌

112

아오지 않는 거예요. 내가 마녀이기 때문에 이런 생각을 하는 걸까요? 당신은 기차역에 서 있으면 무슨 생각이 드나요?

온갖 상념에 젖어 있는데 누군가 어깨를 거칠게 부딪치고 지나갔어요. 뒤늦게 깨달았어요. 손에 들고 있던 휴대폰이 없어졌다는 것을. 저 앞엔 어깨를 치고 간 십대 아이들이 내 휴대폰을 들고 낄낄거리고 있더군요. 나는 아이들을 뒤따라가지 못하고 멍하니 서 있었어요. 그때 베이지색 트렌치코트를 입은 조금 신경질적으로 생긴 남자가 십대 아이들을 가로막아 서더군요. 그들이 무슨 이야기를 주고받았는지 들리지 않았지만 십대 아이들은 욕을 하며 남자 손에 휴대폰을 던지다시피 돌려주었어요. 남자는 며칠 밤을 샌 것처럼 얼굴이 까칠했어요. 그는 나에게 걸어와 휴대폰을 건네주며 쉰 목소리로 중얼거렸어요. 위스키 냄새가 희미하게 풍겨왔죠.

"넋을 놓고 있으니 당하는 거요."

그는 아무 일도 없었다는 듯 미련 없이 플랫폼을 향해 멀어져갔어요. 고맙다는 인사도 못 하고 그의 뒷모습을 바라보았어요. 그렇게 에드워드와 나는 워털루역에서 처음 만났어요. 그 순간엔 꿈에도 몰랐어요. 휴대폰을 되찾아준 그가 내 목숨을 노리는 마녀사냥꾼이라는 걸.

기차에 올라타 내 좌석을 발견하고 멈춰 섰어요. 테이블을 사이에 두고 맞은편 자리에 누군가 앉아 있더군요. 트렌치코트를 입고 『가디언』지를 보고 있는 남자였어요. 무심결에 그에게 눈길을 보내곤 깜짝 놀랐어요. 십대 아이들로부터 휴대폰을 빼앗아준 남자였어요. 내가 아는 체를 하자 그는 귀찮다는 듯 『가디언』지로 눈길을 돌리더군요. 나는 무안해서 어깨를 으쓱해 보이며 창가 자리에 앉았어요. 우리가 테이블을 마주하고 있는 같은 자리에 앉게 된 것이 정말 우연이었을까요? 그것마저도 철저한 계획주의자인 에드워드의 의도였는지도 모르죠.

창밖엔 군청색 어둠이 깔려 있었어요. 초겨울 밤의 풍경은 아름답고 스산했어요. 하얀 눈이라도 쌓여 있으면 좋을 텐데 영국엔 우박은 내려도 눈은 잘 오지 않아요. 헐벗은 나뭇가지, 말라버린 밀밭, 반짝거리는 어둠 속 불빛들, 그 풍경 속에서 스쳐 가는 검은 그림자가 유령이어도 반가웠을 거예요. 나는 스낵바가 있는 칸으로 가서 화이트와인 한 병과 너트를 사 왔어요. 자리로 돌아오자 그는 막 신문을 덮고 있었어요. 와인병을 따며 잘됐다 싶었어요. 기차에서 마시는 와인은 더 빨리 취하는 거 아시나요? 몸에 들어간 알코올이 흔들리기 때문일 거예요. 나는 와인을 따르며 그를 바라보았어요. 새콤한 와인 향이 그에게까지 퍼지길 바라며.

"한잔하실래요?"

그는 삐딱한 시선으로 나와 와인병을 보았어요. 그러더니 대답 대신 와인잔을 받아 단숨에 들이켜더군요. 그는 창밖으로 시선을 돌리며 물었어요.

"목적지가?"

나는 와인을 천천히 마시며 대답했어요.

"노팅엄이요."

그는 범인을 취조하는 형사 같은 얼굴로 고개를 끄덕였어요. 그런 모습이 기분 나쁘기보다 특이한 매력으로 다가왔죠.

"당신은요?"

"더 북쪽, 요크."

나도 모르게 웃음을 터뜨렸어요. 한 잔 마신 와인에 벌써 취한 것 같았어요.

"아, 바이킹의 도시."

"맞소."

그는 입술을 실룩이며 희미하게 웃더군요.

"니콜이에요. 아깐 고마워요."

"에드워드요."

그는 고집스럽게 생긴 모습과 달리 웃는 표정은 소년처

럼 순진해 보였죠. 나는 아몬드를 씹으며 와인잔을 빙글빙
글 돌렸어요.

"요크엔 무슨 일로 가세요?"

원래 남의 일에 관심 없는데 그날은 궁금했어요. 그의
곁에는 여행 가방이나 짐이 없었거든요. 왠지 모르게 그
가 초조해한다는 인상을 받았어요. 그는 남은 와인을 다
마시고 아무렇지 않게 대꾸했어요.

"여자를 잡으러."

그 말에 깔깔거리며 웃음이 터져버렸어요. 무슨 사연으
로 여자를 잡으러 기차로 몇 시간이나 달려 요크까지 가
는지도 궁금했거든요. 우리는 그 후로 와인 한 병을 더 나
눠 마시며 이야기했어요. 주로 내가 떠들고 그는 묻는 말
에 짧게 대답하는 게 전부였어요. 어릴 때 요크에 놀러 간
이야기, 여름 밤 10시가 돼도 밖이 환해 호텔방 커튼을 쳐
도 잠이 오지 않았다는 이야기, 밤이 오지 않는 환한 도시
에는 술 취한 바이킹 후예들의 웃음소리가 들려오고, 그
곳에서 산 비스크 인형의 초록색 눈동자 하나가 사라졌다
는 이야기까지, 나는 처음 만난 남자에게 쓸데없는 말만
늘어놓았어요.

에드워드는 묵묵히 이야기를 듣다가 고개를 들어 나를
바라보았어요. 날카로운 잿빛 눈동자가 순간 반짝였어요.

그건 나에 대한 호기심이 아닌 비스크 인형에 대한 것이었지만.

"사라졌다? 초록색 눈동자가?"

그는 비현실적인 이야기보다 눈에 보이는 사실만 믿을 것 같았는데 의외의 반응이었죠. 나는 인형 따위에게 그의 관심을 빼앗긴 게 기분 나빠 심드렁하게 대꾸했어요.

"생일 선물로 받은 거라 비싼 건데 어느 날 한쪽 눈동자가 텅 비어 있었죠. 흉측해서 처박아뒀어요."

그는 처음으로 나를 유심히 바라보았어요. 내가 아니라 내 눈동자를요. 맞아요. 내 눈동자도 초록색이죠. 사라진 건 인형 눈동자였어요. 그런데도 그는 비밀을 찾는 사람처럼 노골적이고 집요하게 내 눈동자를 바라보았죠.

나는 무안해서 손사래를 치며 웃었어요.

"사라진 건 내 눈이 아니라고요."

그는 웃지 않았어요. 눈앞의 여자가 아니라 사라진 인형 눈동자에 더 관심을 갖는 남자라니. 괴팍한 취미가 있는지도 모르죠. 이야기가 끊기고 어색한 분위기 속에 안내 방송이 들려왔어요. 다음 역은 내가 내릴 노팅엄이었어요. 두 시간이 어떻게 흘러갔는지도 모르게 지나버렸네요. 아쉬운 마음이 들었지만 내색하지 않고 가방과 할머니께 드릴 쇼핑백을 들고 일어났어요. 그는 코트 안주머니에서

117

지갑을 꺼내 명함을 주더군요.

세인트 토마스 병원 암센터 과장 에드워드라는 글자와 그의 전화번호가 보였어요. 그는 희미하게 웃으며 말했어요.

"오늘 즐거웠소."

그는 별로 즐거워 보이지 않았지만 그렇게 말했어요. 허름한 탐정사무소에서 일할 것 같은 그가 의사라는 게 놀라웠죠. 그와 보낸 시간은 즐거웠지만 우리는 다시 만나게 될 것 같지 않았어요. 그와 나는 영원히 섞이지 않는 물과 기름처럼 어울리지 않는 종류의 사람들이라는 예감이 들었죠. 나는 가볍게 손을 흔들며 돌아섰어요.

"잘 가요, 에드워드."

"또 봅시다, 니콜."

순간 멈칫했지만 나는 아무렇지 않게 기차에서 내렸어요. 스치듯 기차에서 만난 타인과 와인을 마시며 한순간을 보냈으면 그만이지 다시 만날 일이 뭐가 있겠어요? 기차에서 내려 올려다보니 그는 손을 흔들며 알 수 없는 미소를 지었어요. 그렇게 에드워드와 나는 워털루역에서 만나 노팅엄역에서 헤어졌어요. 그와 두 시간 남짓 이야기한 게 전부였지만 워털루에서 노팅엄까지 긴 나날을 함께 여행한 듯 피로해졌어요. 노팅엄역을 빠져나오며 명함을 구겨 휴지통에 던져 버렸어요. 그를 비웃었죠. 에드워드,

다시 볼 일 없어요.

한 달쯤 지났을까. 지역 클리닉 의사로부터 편지 한 통을 받았어요. 할머니 자궁에 이상이 생겼다는 내용이었어요. 할머니는 지역 클리닉에서 자궁확대경검사를 했고 그 결과 이상세포가 발견되었어요. 할머니는 아흔 살이나 되었지만 소녀처럼 불안해하고 낙담했어요. 지역 클리닉 주치의는 종합병원에서 추가적인 조직검사를 받아보라고 권했어요. 나는 계속 노팅엄에 머물 수도 없었고 할머니를 혼자 둘 수도 없었어요. 이모가 둘이나 있었지만 한 분은 미국 요양병원에 다른 한 분은 페루의 봉사단체에서 일하고 있었죠. 두 분은 연락이 닿지 않았어요. 결국 런던에 있는 작은 내 공간으로 할머니를 모셔 왔어요. 그리고 세인트 토마스 병원 부인암센터에 예약을 하고 할머니와 함께 의사를 만났어요.

진료실에 들어간 할머니는 긴장해서 상기된 얼굴로 두 손을 꼭 모으고 계셨어요. 할머니가 두려워하는 건 죽음이 아니라 불확실한 미래였어요. 컴퓨터 모니터 너머에서 가라앉은 의사의 목소리가 들려왔어요.

"진료기록으로 봐선 나빠 보이지 않는데 원추 절제술을 해서 조직검사를 해보죠."

고개를 돌려 의사의 얼굴을 마주 보았어요. 낯이 익은

얼굴. 세상에, 한 달 전 기차역에서 만난 에드워드가 앉아 있더군요. 놀랍고 반가웠어요. 병원이란 곳이 긴장되고 사람을 주눅 들게 하잖아요. 그곳에서 아는 얼굴을 만나다니, 그리고 그가 의사라는 사실이 반가웠어요. 나와는 달리 그는 나를 처음 보는 사람처럼 대하더군요. 좀 당황스러웠죠. 뭐, 기차에서 와인 한 병 나눠 마신 우리가 특별한 사이는 아니지만. 그날 우린 처음 만난 의사와 보호자처럼 짧게 몇 마디 주고받고 진료실을 나왔어요.

할머니가 병원을 나와 내 등을 쓰다듬으며 물었어요.

"니콜, 왜 그러니?"

"제가 뭘요?"

할머니는 주름 가득한 입술로 웃으셨어요.

"그 의사한테 화가 나 있잖니."

나는 펄쩍 뛰며 웃었어요.

"제가요? 아니에요. 할머니, 제가 왜요?"

그게 우리의 두 번째 만남이었어요. 그것도 에드워드의 계획이었을까요? 할머니가 아픈 건 그의 계획이 아니었을 텐데. 확실한 건 그날 이후로 에드워드를 신경 쓰게 되었다는 거예요. 어디부터가 계획이었는지 알 수 없지만 나는 그에게 너무 쉽게 넘어가버렸어요.

태주는 그날 어떻게 천사원 숲길에서 도망쳐 택시를 잡
아타고 둔내 버스터미널까지 왔는지 기억나지 않았다. 정
신을 차렸을 때 그녀는 한밤중의 터미널 대합실에 서 있
었다. 한 사내가 의자에 웅크린 채 잠들어 있었고 야구모
자를 쓴 젊은 남자가 막차를 타기 위해 표를 사고 있었다.
태주는 어디선가 안젤라 원장이 이마에 피를 흘리며 나타
날까 봐 초조하게 두리번거렸다. 막차 버스표를 사고 나
니 5분쯤 남아 있었다. 그녀는 참을 수 없는 요의를 느꼈
다. 화장실로 뛰어가다 대합실로 들어온 남자와 어깨를
부딪쳤다.

　"씨발, 똑바로 못 보고 다녀?"

　태주는 남자의 얼굴이 낯이 익었다. 오늘 아침 십대 여
자아이를 데리고 같은 버스를 탔던 남자였다. 남자는 술
냄새를 풍기며 붉으락푸르락한 얼굴로 누군가를 찾았다.
여자아이가 도망친 모양이었다. 남자의 얼굴은 뻔뻔한 분
노와 욕정으로 번들거렸다.

　화장실은 문이 덜컹거렸고 지린내가 심했고 바닥 타일
은 불결했다. 그녀는 문이 열린 칸으로 뛰어 들어갔다. 아
이의 손가락을 자르던 순간부터 참았던 오줌이 계속 흘러

나왔다. 버스가 그녀를 터미널에 남겨두고 떠날까 봐 조마조마했지만 오줌이 쉽게 멈추지 않았다. 마침내 바지를 입고 뛰어나가려는 찰나, 여자아이 목소리가 그녀를 붙들었다.

"이거, 아줌마 거 아니에요?"

돌아보니 그 여자아이가 손수건에 싸인 것을 내밀었다. 푸르스름한 화장실 불빛 아래 얼룩덜룩한 핏빛이 비치는 하얀 손수건이었다. 태주는 심장이 멎는 줄 알았지만 아무렇지 않게 여자아이에게 다가갔다. 여자아이 손에서 그것을 낚아채 코트 주머니에 넣었다. 태주는 여자아이를 노려보았다. 아무것도 묻지 마.

여자아이는 뭐가 즐거운지 실실 웃었다.

"뭐예요? 말랑말랑하던데."

화장실 밖에서 버스가 출발하는 소리가 들렸다. 태주는 자신을 가로막고 서 있는 여자아이를 쏘아보았다. 여자아이는 혀 꼬인 목소리로 그녀를 붙잡고 놓아주지 않았다.

"열어보진 않았는데."

술에 취한 듯 풀린 눈빛, 비릿한 웃음, 나쁜 장난을 좋아하는 새끼고양이 같은 몸짓, 태주는 여자아이가 두려웠다.

"너 미성년이지? 이거 가지고 얼른 집에 가."

여자아이는 만 원짜리 몇 장을 받아 들고 씩, 웃었다.

"아무한테도 말 안 할게, 아줌마."

태주가 화장실에서 뛰어나왔을 때 버스는 이미 천천히 출발하고 있었다. 그녀는 달려가 버스 앞문을 미친 듯이 두드렸다. 운전기사는 인상을 쓰며 문을 열었다.

"진작 안 타고 뭐 했어요?"

그녀는 고개를 숙인 채 뒷자리에 가 앉았다. 버스는 서너 명의 승객만 타고 있어 텅 빈 관 같았다. 어둠을 가르며 버스가 달려갔다. 창밖 어둠 속에서 화장실에서 마주친 여자아이가 남자에게 붙잡혀 실랑이를 하고 있었다. 남자는 여자아이 손목을 잡아끌며 욕을 퍼붓고 여자아이는 팔을 비틀며 비명을 질러댔다. 아무도 그들에게 관심을 갖거나 여자아이를 도와주지 않았다. 여자아이가 버스에 탄 태주를 보고 소리쳤다.

"살려줘요!"

태주는 아무것도 들리지 않는 듯 고개를 돌렸다. 그러니까 나쁜 남자를 따라 버스에 타지 말았어야지. 불운에 손목을 잡힌 건 네 탓이야. 태주는 주머니에서 축축하고 말랑말랑한 것을 꺼냈다. 손수건을 펼치자 여섯 번째 손가락이 희미한 악취를 풍기며 보랏빛 열매처럼 변해가고 있었다.

태주가 화들짝 놀라 깨어난 곳은 니콜의 집 소파였다. 니콜의 오피스텔은 텅 빈 느낌이었으며 언제라도 떠날 수 있는 장기 여행자의 거처 같았다. 특이하게도 유리병에 든 양초가 집 안 곳곳을 주홍빛으로 밝혔다. 마녀는 밝은 빛보다 어둠을 좋아하니까. 타오르는 촛불이 그녀의 간절한 기원을 현실로 만들어주는지도 몰랐다. 니콜은 가죽으로 양장된 책을 읽다가 깨어난 태주를 보고 미소를 지었다.

태주는 마른 목소리로 말했다.

"찾았어요, 손가락."

누구보다 기뻐할 줄 알았던 니콜의 눈빛이 놀란 듯이 흔들렸다. 자신의 말을 믿지 못하는 걸까. 태주는 주머니에서 손수건으로 감싼 그것을 자랑스럽게 꺼내 보였다. 니콜의 초록 눈이 더 커지고 자줏빛 입술이 벌어졌다. 마녀가 당황한 걸까. 니콜은 갑작스럽게 태주를 끌어안았다. 니콜의 빠른 심장 소리가 태주의 가슴까지 전해졌다.

니콜은 입꼬리를 올리며 웃었지만 목소리가 떨렸다.

"당신은 정말 놀라운 사람이에요."

피로 얼룩진 손수건에 싸여 있는 것은 블루베리나 말라 비틀어진 건포도가 아니었다. 그것은 어린아이의 손가락이며 그녀가 잘라냈다. 천사원의 아이들, 하늘을 울리는 천둥소리와 울음소리, 비가 쏟아지던 사나운 숲속, 모든 것은 악몽이 아니었을까. 이제 니콜이 자신의 가여운 아이를 위해 마법을 일으킬 시간이었다.

니콜은 싱크대를 열어 푸른빛이 도는 항아리를 꺼냈다. 낡았음에도 묘한 빛을 풍기는 그것은 중세 시대의 유물 같았다. 니콜이 그것을 전기스토브에 올려놓고 불을 켜자 파란 불꽃이 일었다.

"한번 시작해볼까?"

태주는 떨림과 기대에 찬 눈으로 니콜을 바라보았다. 초록색 에이프런을 두른 니콜의 얼굴엔 묘한 빛이 감돌았다.

"생명의 묘약을 만들 거예요."

니콜의 눈빛에 알 수 없는 잿빛 그림자가 스쳐 갔다. 그녀는 싱크대에서 와인 한 병을 꺼냈다. 짙은 레드와인이었는데 라벨에는 1917년이라고 쓰여 있었다. 태주는 가슴이 희미하게 떨려왔다. 니콜은 100년이 넘은 와인 한 병을 항아리에 콸콸 다 쏟아부었다. 이번엔 하얀 호리병을 꺼내 원을 그리듯 투명한 액체를 졸졸 따랐다. 그리고 엄숙하고도 신비로운 몸짓으로 중얼거렸다.

"이건 성스러운 물이에요."

항아리에서 와인이 끓기 시작하자 니콜은 조금 흥분한 얼굴이었다. 마녀의 부엌에는 한 번도 맡아본 적 없는 향

긋한 와인 향기가 떠돌았다. 태주는 묘한 향기에 취한 듯
어지러웠다. 마녀 니콜은 무언가를 찾아 분주하게 서랍을
열었다.

"그걸 어디에 두었더라."

출렁거리는 금발을 하나로 묶고 허둥대는 모습이 태주
의 눈에는 한 번도 만난 적 없는 진짜 마녀 같았다. 니콜
은 어디선가 낡았지만 소중한 것을 담아놓은 듯한 나무
상자를 찾아냈다. 상자를 열고 검고 가는 털을 한 줌 쥐어
항아리에 뿌렸다.

"이건 한쪽 눈이 먼 검은 고양이의 털, 아주 귀한 거죠."

니콜은 코를 찡그리며 웃었다. 태주도 따라 웃었다. 그
것이 고양이 털이 아니라 눈먼 장님의 머리칼이라 해도
상관없었다. 그녀의 아이를 살릴 수만 있다면 무엇을 넣
어도 좋았다. 이번엔 검은 부스러기 같은 작은 것을 하나
씩 부글부글 끓고 있는 항아리에 빠뜨렸다.

"이건 90살 먹은 지네의 발 아홉 개."

태주는 지네라는 말에 눈을 찡그렸다. 어릴 적 외할머니
댁에 갔다가 풀숲에서 지네한테 물린 기억이 항아리에서
퍼지는 향취와 함께 떠올랐다.

마디마디가 같은 간격으로 나뉘어 있고 등의 붉은 기
하학무늬가 아름다웠던 지네였다. 그녀는 지네가 가느다

란 손목을 타고 기어오르는데도 현란한 무늬와 수많은 발의 움직임에 사로잡혀 멍하니 있었다. 뒤에 있던 사촌이 지네야, 하고 비명을 질렀고 그 소리에 놀란 지네가 태주의 손목을 물고 눈 깜짝할 사이에 달아났다. 손등이 벌겋게 부풀어 올랐다. 너무 놀랐기 때문인지 지네의 독 때문인지 그녀는 어지럼증을 느끼며 의식을 잃었다. 태주의 손목 안쪽에는 아직까지 지네한테 물린 흉터가 남아 있었다.

마침내 니콜은 피로 얼룩진 손수건을 펼쳐 보랏빛 손가락을 집어 들었다. 저걸 어쩔 셈인가. 태주는 숨도 쉬지 못한 채 니콜의 손끝을 바라보았다. 니콜은 아이의 손가락을 신중하고도 차가운 눈길로 바라보더니 핏빛 와인과 성스러운 물과 한쪽 눈이 먼 고양이 털과 90살 먹은 지네의 발 아홉 개가 끓고 있는 항아리 속에 빠뜨렸다. 그 순간 니콜의 얼굴은 금기를 넘나드는 자의 광기와 위험함으로 묘하게 빛났다.

아이 손가락이 느끼는 뜨거움이 태주에게 전해진 듯 입에서 신음이 터져 나왔다. 천사원의 아이도 잃어버린 손가락의 통증을 느끼고 발작하듯 자지러질지도 모른다. 태주는 아이의 손가락을 헹켈 가위로 잘랐을 때보다 끓고 있는 항아리에 빠뜨린 이 순간 더 큰 죄책감을 느꼈다.

니콜은 싸늘한 얼굴로 나무 주걱을 쥐고 항아리 안을 휘휘 저었다. 묶고 있던 머리끈을 잡아 빼자 머리칼이 커다란 나뭇잎처럼 풍성하게 펼쳐졌다. 니콜은 허공에서 손가락을 움직이며 알 수 없는 말을 중얼거렸다.

"아블라타 타블라카 카사리나 오타카라, 검은 악령들이여 잠에서 깨어나 여인의 간절한 부르짖음을 들으소서. 썩어가는 죽은 아이의 심장에 뜨거운 피가 돌게 하시고 당신들의 검은 악으로 녹아내린 살과 뼈에 새살이 돋아나게 하소서."

니콜의 얼굴은 타오르는 불길처럼 붉게 물들었고 초록빛 눈동자에는 기이한 검은 물결이 위태롭게 일렁였다. 항아리 주변의 붉고 검은 빛줄기는 니콜이 깨우는 악령들인가. 촛불 주위로 어디선가 알 수 없는 검은 기운이 수런거리며 그들에게 다가오는 것 같았다. 태주는 검은 악령들이 두렵지 않았다.

굳게 닫혀 있는 오피스텔의 수많은 창문들이 덜컹거렸다. 어디서 바람이 불어오는가. 아니면 검은 악령들이 찾아오는가. 창문을 열어놓지도 않았는데 커튼이 저 혼자 펄럭거렸다. 양초의 촛불들이 춤추듯 흔들렸다. 니콜의 머리칼이 허공에서 살아 움직이듯 나풀거렸다. 니콜의 얼굴은 항아리 속 위험한 열기와 허락되지 않은 일을 하는 자의 광기로 어느 때보다 두렵고 매혹적으로 빛났다.

지금 이 순간, 태주는 불가해하고 위험한 힘이 그녀를
구원해주기를 간절히 빌었다.

3장

◆

　나는 물의 도시 베네치아를 사랑해요. 물에서 이 세계로
왔고 이곳을 떠나면 다시 물로 돌아갈 거예요. 베네치아는
늘 물과 안개에 둘러싸여 있는 도시죠. 현란한 가면을 쓰
고 삶과 사랑과 죽음을 노래하는 오페라의 고장이기도 하
고요. 모든 것이 마녀인 나의 삶과 어울리는 곳이에요. 수
백 년 전 돌길, 닫혀 있는 이중창문들, 새벽녘 안개 속에
떠 있는 곤돌라를 보면 베네치아의 낡은 아파트에 숨어
살며 검은 영혼을 깨우는 마녀의 삶을 언제까지고 계속할
수 있을 것 같은 꿈을 꾸죠.

　내 남편을 유혹해 늪에 빠뜨렸던 에마는 결국 끔찍한 최
후를 맞이했어요. 그녀의 남편이 어린 여자랑 침대에서 뒹

구는 걸 목격한 후 이혼을 당하고 버려졌죠. 내 남편을 가지고 놀았던 죗값을 치른 거죠. 에마는 이혼한 뒤 스위스 코티지를 떠나 아치웨이역 근처로 이사를 갔어요. 나와 드라큘라 신사 페터가 사는 플랫과 멀지 않은 곳으로 말이에요. 페터는 운명의 장난처럼 집 근처 펍에서 에마와 자주 마주쳤어요.

"그 여자 매일 위스키와 맥주를 떡이 되도록 마시고 돌아가더군. 치근덕대는 질 나쁜 녀석들을 한 놈씩 집에 끌어들인다는 소문도 있지. 이만하면 당신 소원대로 된 거 아닌가?"

페터는 특유의 회색 눈빛으로 나를 힐난하듯 바라보았어요.

나는 책장을 덮고 페터를 보며 미소 지었어요.

"아직 충분하지 않아요."

에마 때문에 나와 어린 샬럿이 받은 고통에 비하면 아직 멀었어요. 페터는 어두운 얼굴로 아무 말도 하지 않고 돌아갔어요.

여덟 살짜리 소녀가 성폭행당해 하이드파크 화장실에 버려졌다는 뉴스로 떠들썩했던 어느 날이었어요. 나는 잉글리시 브렉퍼스트 차를 마시며 텔레비전을 보고 있었죠. 회색 정장을 차려입은 페터가 굳은 얼굴로 내 방문을 요란하게 두드렸어요.

"지난밤 에마가 펍에서 싸움에 휘말렸어. 배관공 백인 남자가 맥주병을 깨서 에마를 찔렀어. 응급실로 실려 갔지만 수술받기도 전에 사망했지. 에마의 클러치백에서 다량의 졸피뎀과 마리화나가 발견되었다는군. 모든 게 그녀가 원한 마지막이었을지도 모르지."

나의 시선은 희생된 백인 여자아이의 사진이 나오는 텔레비전에 고정돼 있었어요. 페터는 참혹한 목소리로 묻더군요.

"이제 충분하나, 니콜?"

화면 속 아이가 여덟 살이라니. 가슴이 갈기갈기 찢기듯 아파왔어요. 나는 탄식하듯 중얼거렸어요.

"페터, 저 여자아이가 여덟 살이래요. 샬럿과 동갑이네요."

페터는 화가 난 얼굴로 대꾸했어요.

"난 지금 에마 이야기를 하고 있는 거요. 저 얼굴도 모르는 여자애가 아니라."

나는 숨이 막히는 듯해 다 식은 잉글리시 브렉퍼스트 차를 한 모금 마셨어요. 목구멍으로 흘러 들어온 것이 비릿한 피처럼 느껴졌어요. 창문으로 새어 든 햇빛이 마룻바닥을 주홍빛으로 물들이는 것을 물끄러미 바라보았어요.

"페터."

페터는 굳은 얼굴로 꼼짝 않고 서 있었죠. 내 입에서 생각지도 않은 말이 튀어나왔어요.

"샬럿이 어떻게 죽었는지 알아요?"

페터는 그제야 푸른색 패브릭 소파에 앉았어요.

"사라진 게 아니라 죽은 거였군. 그걸 내가 어떻게 알겠소?"

그는 나에게 짜증을 내고 있었어요. 에마 일 때문에 나를 원망하는 마음이 들었는지도 모르죠. 나를 도운 걸 후회하고 있을지도요.

"샬럿은 뜨거운 불길에 팔, 다리, 가슴, 얼굴까지 활활 타올랐어요."

페터는 놀란 듯 커진 눈으로 숨을 흡, 들이마셨어요.

"겨우 여덟 살짜리 아이가 마귀 같은 불길에 살이 녹아내리고 검게 타들어가는 걸 나는 보고만 있었다고요!"

나는 페터의 회색 눈을 쏘아보았어요. 그는 그제야 슬픈 표정으로 물었어요.

"도대체…… 샬럿이 누구요?"

그 순간 나는 희미하게 웃었어요.

"하나뿐인 내 딸이에요."

페터는 혈압이 오르는 듯 붉어진 얼굴로 고개를 쳐들었

어요. 페터의 입에서 생각지 못한 말이 흘러나왔어요.

"오, 하느님……."

나는 그가 부른 하느님을 원망하듯 무섭게 그를 노려보았어요.

"아무도 그 애를 사악한 불길에서 구원하지 못했어요. 내 딸은 어미인 내 앞에서 활활 타 죽었다고요!"

페터는 더 이상 견디기 힘들다는 듯 양복 안주머니에서 담배를 꺼내 입에 물었어요. 페터는 담배 연기를 내뿜으며 중얼거렸죠.

"미안하오, 니콜. 나는 아무것도 몰랐소."

나도 담배를 건네받아 한 모금 피웠어요. 샬럿이 죽은 후 끊었던 담배를 몇 년 만에 다시 피운 거였죠. 나는 무표정한 얼굴로 경고하듯 말했어요.

"에마가 맥주병에 찔려 즉사했든, 마약에 취해 심장마비로 죽었든 나한테 죄책감은 기대하지 말아요."

우리는 그 후로 아무 말도 하지 않았어요. 천천히 숨을 쉬듯 담배 연기만 내뱉었어요. 집주인이 알면 기겁했을 거예요. 플랫에서 담배를 피우는 건 금지된 일이었으니까. 2층 파키스탄인 부부가 사는 집에서 이국의 음악이 들려왔어요. 여인이 낯선 언어로 구슬프게 노래하더군요. 나는 음악에 맞춰 천천히 고개를 흔들었어요. 고통의 바다에 평화가 찾아오길 기다리면서.

한때 남편을 유혹하고 우리의 삶을 뒤흔들었던 에마는 싸움에 휘말려 맥주병에 찔려 생을 마감했어요. 그녀는 두고두고 동네의 가십거리가 될 거예요. 배관공의 맥주병에 찔려 죽다니. 우아하고 아름다운 죽음과는 거리가 먼 하찮은 죽음이죠.

그런데 만약 그녀가 남편과 만나지 않았더라면 비참한 죽음으로 생을 마감하지는 않았을까요. 그녀는 부잣집 안주인으로 풍족하고 평온한 삶을 오래도록 영위했을까요. 그녀가 에마인 이상 삶은 지금과 달라지지 않았을 게 분명해요.

그녀는 결국 또다시 거부할 수 없는 욕망에 몸을 던졌을 거예요. 내 남편을 유혹하듯 다른 젊은 남자를 유혹했을 거예요. 당연히 끔찍한 진흙탕 싸움에 휘말리게 되겠죠. 두 번 세 번을 살아도 에마는 비참한 죽음을 피할 수 없었을 거예요. 잔인하게 들리겠지만 그녀가 하찮은 죽음을 맞이한 건 누구도 아닌 자신 탓이에요. 그래서 나는 에마에게 아무 죄책감을 느끼지 않아요.

그날 페터는 담배 한 대를 다 피우고 잠에서 깨어난 듯 소파에서 일어났어요. 일생을 다 산 듯한 피로한 얼굴이었죠.

"이제 당신 뜻대로 되었으니 나는 런던을 떠나겠소."

갑자기 싸늘해진 공기에 나는 어깨를 흠칫 떨었어요.

"어디로 말이죠?"

페터의 얼굴은 비장해 보였어요. 검푸른 빛이 돌아 살아 있는 사람이 아닌 유령의 얼굴 같았죠.

"베네치아. 당신도 함께."

베네치아라는 말에 멍하니 그를 바라보았어요. 여우 같은 영감. 이제 내가 그를 도울 차례였으니까요. 그는 능글맞게 웃으며 문을 닫고 나가기 전 한마디를 하더군요.

"집 앞에 어떤 녀석이 셜록 홈즈 흉내를 내던데, 니콜한테 흑심을 품은 작자 아닌가?"

마녀사냥꾼 에드워드였어요. 그는 내가 런던을 떠난 줄 아는데 어떻게 나를 찾아냈을까요? 하긴 프랑크푸르트에서도 파리에서도 그와 비슷한 남자를 보긴 했어요. 헝클어진 머리칼에 베이지색 트렌치코트를 입고 어둠 속에서 나를 훔쳐보는 시선에 시달렸어요. 그가 있던 자리에는 늘 더블샷 에스프레소를 마셨던 구겨진 종이컵과 소브라니 블랙러시안 담배가 서너 개비 떨어져 있었죠. 짧게 타다 만 검은 몸체와 금박 필터는 어두운 그의 영혼과 까다로운 성품을 닮았어요. 진한 커피를 마셔대고 독한 담배를 피우니 불면증에 시달리는 거겠죠. 아니, 그것들이 흩어지는 그의 영혼을 붙잡고 있는지도 모르겠네요.

아흔 살이었던 할머니는 결국 에드워드에게 수술을 받고 한 달 뒤에 세상을 떠나셨어요. 이미 자궁암 3기였죠. 수술을 마치고 나온 에드워드의 손에는 에스프레소 잔이 들려 있었어요. 그는 에스프레소를 한 모금 마시고 덤덤하게 말했어요.

"결과가 좋지 않아요. 암세포가 자궁뿐 아니라 골반까지 퍼졌어요."

할머니는 종종 요통을 호소했기 때문에 최악의 결과까지 예감하고 있었어요. 그는 태연한 나를 보고 조금 놀란 눈치였어요. 나는 그가 들고 있는 에스프레소 잔을 바라보았어요.

"그 커피 내가 마셔도 돼요?"

그는 말없이 에스프레소 잔을 내밀었죠. 나는 남아 있는 에스프레소를 모두 들이켰어요. 나에게 슬픔은 에스프레소를 단숨에 들이켜는 것과 다르지 않아요. 쓰고 뜨거운 것을 가슴속에 단숨에 밀어 넣는 거죠. 그리고 숨을 참듯 그 순간을 견디는 거예요. 슬픔은 에스프레소처럼 씁쓸하지만 결국엔 혀끝에 진한 향기가 남게 돼요. 에드워드와 나는 슬픔을 나누듯 에스프레소를 나눠 마셨어요. 그러곤 말없이 병원 창밖에 흔들리는 보리수나무를 바라보았어요. 아무것도 묻지 않는 그가 오히려 고마웠어요.

에드워드와 나는 그날 이후로 친구가 되었어요. 할머니를 잃은 대신 에드워드를 얻게 된 거죠. 삶은 언제나 균형을 잡으려고 애쓰는 천칭 같아요. 그렇게 아슬아슬하게 균형을 맞추며 살아가는 게 인생인지도 몰라요.

할머니의 장례식 날 하늘은 회색 구름으로 뒤덮였고, 바람이 많이 불었어요. 미국과 페루에 있는 두 이모는 장례식에 오지 못했어요. 공원묘지에는 할머니가 다니던 성당 신자들 몇 명만 참석해 쓸쓸한 장례식이 되었죠. 어디선가 날아온 까마귀 두어 마리가 묘지 주변에서 시끄럽게 울어댔어요. 눈물을 흘리는 사람이 아무도 없는 건조한 장례식이었어요.

나는 딱딱한 관 속에 밀랍인형처럼 누워 있는 할머니를 보고 무언가 잘못되었다는 생각에 휩싸였어요. 할머니는 죽었지만 멀쩡한 얼굴로, 아니 살아 있을 때보다 아름다운 모습으로 꽃에 둘러싸여 눈을 감고 있었어요. 죽은 사람이 저토록 아름다워도 되는지. 창백한 할머니의 얼굴 위로 관 뚜껑이 무참히 닫힐 때는 숨이 막히는 것 같았어요. 미리 파둔 구덩이에 할머니의 관이 내려지고 축축한 갈색 흙이 허락도 없이 떨어졌어요. 저 안에 할머니가 누워 있는데,

아무리 죽었어도 관에 넣어 뚜껑을 덮고 흙을 뿌리는 건 끔찍한 짓 같았어요. 그 순간 설명할 수 없는 격한 감정에 나도 모르게 비명을 질렀어요. 신부님과 신자들은 일제히 비난하는 눈길로 나를 차갑게 바라보았어요.

그때 누군가의 두 손이 내 눈을 가려주었어요. 편안한 어둠이 나를 감싸 안았어요. 귓가에 속삭이는 목소리가 들렸어요.

"금방 지나갈 거요. 조금만 기다려요."

나는 차가운 에드워드의 목소리를 기억했어요. 목소리는 건조했지만 눈을 가린 그의 손은 따뜻했어요. 그의 고른 숨결을 가까이 느끼자 서서히 진정이 되었어요. 그의 손이 내 눈을 열어주었을 때 할머니의 관은 땅속에 묻혀 더는 보이지 않았어요. 아름다운 할머니의 죽음은 그렇게 땅속에 영원히 묻혀버렸다는 것을 깨달았죠. 나는 마음이 조금 홀가분해진 것 같았어요. 모두 에드워드 덕분이었어요.

"할머니, 이곳에서 편히 쉬세요."


돌이켜보면 옛날 일이에요. 에드워드는 과거에 내 친구였는지는 몰라도 지금은 나를 잡지 못해 안달이 난 냉정한 마녀사냥꾼이죠. 그는 내가 잠든 사이, 말 한마디 없이 쇄골 사이의 마녀 표식을 겨냥해 날카로운 창을 찌르고도 남을 비정한 인간이니까요. 그리고 죄책감 없이 홀가분한 얼굴로 독한 소브라니를 한 대 피우겠죠. 그는 인정이라 곤 눈곱만큼도 없는 인간이에요.

런던을 떠나는 날, 페터와 나는 베니스행 라이언에어를 타기 위해 히드로공항으로 갔어요. 페터는 커피를 사러 카페로 가고 나 혼자 수속을 기다리던 중이었죠.

내 앞에 가죽 재킷을 걸친 남자와 검은 티셔츠에 블루 진을 입은 빨강 머리 여자아이가 서로를 끌어안고 귓속말 을 하며 키스를 하더군요. 뉴욕 맨해튼의 소호 거리에서 술 취해 있는 편이 더 어울릴 것 같은 이십대 초반의 커플 이었죠.

한순간 나는 숨이 멎을 뻔했어요. 가죽 재킷 남자에게 안겨 있는 빨강 머리 여자아이는 죽은 나의 샬럿과 너무 닮았더군요. 샬럿이 죽지 않고 스무 살이 되었다면 저런 아름다운 모습으로 자랐을 텐데. 설마, 샬럿일 리가 없었 죠. 그런데도 내 가슴은 미친 듯이 뛰었어요. 벌써 4년이 흘렀군요. 샬럿은 액턴타운의 붉은색 2층 벽돌집에서 다 타버려 형체도 알아볼 수 없는 끔찍한 모습으로 발견되었 죠. 그날 아침 소파 테이블에는 괴테의 『젊은 베르테르의 슬픔』이 놓여 있었어요. 비극은 모두 화재 때문이에요. 거 대한 붉은 불덩이가 집 전체를 활활 태우고 검은 연기를

143

피웠어요. 남편과 나는 집 안에 없었어요. 불은 침대와 커튼과 수많은 가구와 카펫과 추억이 담긴 사진들을 태웠어요. 불은 내 과거와 현재를 모두 태우고도 모자라 사랑스러운 샬럿까지 데려갔어요. 얼마나 뜨거웠을까요?

다 타버린 우리 집 현관 앞엔 샬럿의 죽음을 애도하는 꽃다발이 끊이질 않았어요. 화재는 풀리지 않는 미제 사건으로 남았고 그 애는 모두에게 잊혔어요. 모두가 잊어도 나는 잊지 못해요. 그 애의 엄마니까요.

그런데 히드로공항에서 마주친 빨강 머리 여자아이는 수천 번 상상했던 스무 살 샬럿의 모습이었어요. 믿어지지 않아 나는 멍하니 넋을 놓고 있었어요. 그러다 정신 나간 여자처럼 빨강 머리 여자아이에게 달려갔어요. 다급하게 소매를 붙들었죠. 여자아이는 걸음을 멈추고 깊은 호수 같은 초록 눈으로 나를 바라보았어요. 인상을 쓰거나 욕을 하지도 않았어요. 다짜고짜 자기 옷깃을 잡은 중년 여인을 이해하려는 듯 기다렸어요. 신중하고 사려 깊은 아이였죠. 그런데 참을성 없는 그 애의 남자친구가 욕을 하더군요.

"젠장, 아줌마, 뭐야?"

나는 겨우 숨을 쉬며 물었어요.

"샬럿 아니니?"

빨강 머리 여자아이는 그제야 이해했다는 얼굴로 미안한 듯 미소 지었어요.

"미안해요. 착각하셨나 봐요."

그 애의 팔이 미끄러져 빠져나가는 것을 망연자실하게 바라보았어요. 샬럿이 아니라도 멀어지는 게 고통스러웠어요. 샬럿을 닮은 그 아이와 더 시간을 보내고 싶었어요. 어느새 커피를 들고 다가온 페터가 넋이 나간 듯한 내 얼굴을 보고 놀랐어요.

"니콜, 무슨 일이오?"

나는 사람들 사이로 사라져 보이지 않는 그 아이를 찾고 있었어요. 페터는 걱정스러운 얼굴로 중얼거렸어요.

"유령이라도 본 얼굴이군."

어깨를 흠칫 떨며 아직도 내가 꿈을 꾸고 있는지 혼란스러웠어요.

"샬럿을 봤어요. 너무 똑같았어요. 초록색 눈동자까지."

페터는 비웃는 듯한 웃음을 흘리더군요.

"그럴지도 모르지. 유령은 어디에나 있으니까."

그 아이는 어디로 떠나는 길이었을까요. 혹시 나와 같은 라이언에어를 타고 베네치아로 가는 건 아니었을까요. 베네치아에 가면 그 아이를 다시 만날지 모른다는 이상한 기대감에 가슴이 떨렸어요. 게이트를 향해 걸음을 내딛는

데 낯익은 베이지색 트렌치코트가 앞을 가로막더군요. 제
기랄, 에드워드였어요.

나는 짧은 비명을 질렀어요. 에드워드는 고개를 반쯤
숙인 채 삐딱한 시선으로 페터를 노려보았어요.

"니콜, 그새 늙은 애인이라도 생겼나?"

그는 위험한 존재였기 때문에 나도 모르게 몸을 움츠렸
어요. 누구보다 사려 깊고 영리한 페터가 옆에 있으니 혼
자보다 안심이 되었어요.

페터는 조롱하는 말투로 말했죠.

"탐정 양반이군."

에드워드는 페터의 말을 무시하듯 대꾸도 하지 않았어
요. 대신 무언가를 원하는 간절한 눈빛으로 나를 바라보
았어요. 나는 그의 눈빛에 더 이상 속지 않아요. 그가 원하
는 건 단 하나, 내가 이 세계에서 사라지는 것뿐이죠.

"니콜, 나와 함께 가자."

나는 페터 뒤로 한 걸음 물러났어요.

"난 당신과 안 가요."

에드워드는 시니컬하게 웃더군요. 페터가 침착하고 날
카롭게 되물었어요.

"젊은 양반, 귀가 먹었나? 안 간다는 소리 못 들었어?"

에드워드는 한 대 칠 듯한 기세로 페터를 노려보았어요.

그는 모를 거예요. 점잖은 늙은이가 불멸의 드라큘라라는 사실을 말이죠.

"당신은 빠져."

"저기 경찰이 보이는군."

에드워드는 인상을 썼고 그사이 나와 페터는 서둘러 게이트로 향했어요. 에드워드는 코트 주머니에 손을 넣은 채 나를 보며 웃었어요. 고독해 보이는 그의 눈빛은 유성처럼 아련하게 빛나더군요.


◆◆


자정이 넘은 시각, 비에 젖은 도시의 불빛이 창문에 아른거렸다. 경찰차 사이렌 소리, 질주하는 오토바이 굉음, 술에 취한 사람들의 고함 위로 어둠이 관대하고 공평하게 내려앉았다. 밤은 지치고 분노하고 안타까운 이들을 어둠으로 끌어안았다.

오피스텔 안은 와인 향기와 지네와 고양이 눈썹과 아이의 손가락이 뒤섞인 불온하고 위험한 향취가 떠돌았다. 금발을 풀어 헤친 초록 눈의 마녀는 생명의 묘약을 푸른색 병에 조심스럽게 따랐다. 그리고 하얀 헝겊을 덮고 붉은 노끈으로 묶어 병의 입구를 닫았다. 마녀는 무언가를 완성한 자의 만족스러운 얼굴로 이마의 땀을 닦았다. 태주는 병에 담긴 묘약이 그녀의 아이에게 살과 뼈를 만들어주리라는 기대에 몸이 떨렸다.

모든 일을 마친 니콜은 지쳐 보였다. 그녀는 탄산수를 푸른빛 유리잔에 따라 단숨에 들이켰다. 니콜의 얼굴에 붉은 기운이 되살아나는 듯했다. 어쨌든 니콜은 기분이 좋아 보였다. 알 수 없는 노래를 흥얼거리며 와인 한 병을 꺼내 왔다. 태주는 핏빛 와인이 출렁이는 것을 보며 침을 삼켰다. 니콜은 와인잔을 허공을 향해 치켜 들었다.

"자, 축배를 들어야지."

태주는 술을 잘 마시지 못했지만 와인잔을 높이 들었다. 두 개의 잔이 부딪치며 맑은 소리가 울렸다. 죽은 아이도 희망의 울림을 들었을 거라고 생각했다. 엄마가 자신을 위해 끔찍한 짓을 했다는 걸 용서할 것이다. 모두가 아이를 위한 일이었다는 것을 이해하리라. 태주는 와인을 단숨에 들이켰다. 마녀 니콜은 고개를 끄덕이며 소리 없이 웃었다.

와인병이 바닥을 보일 때쯤, 니콜이 담배 한 대를 피웠다. 하얀 연기가 태주의 주위를 스산하게 맴돌다 허공으로 흩어졌다. 연기 속에서 니콜의 눈빛이 날카롭게 빛났다.

"묘약을 만들었으니 이제 제물이 필요해."

태주는 취해서 흐릿하게 보이는 니콜의 초록 눈과 마주쳤다.

"제물······이라고요?"

태주의 목소리가 두려움으로 떨렸다. 니콜은 무심한 표정으로 고개를 끄덕였다. 그녀의 초록 눈에서 검은 기운이 무섭게 휘몰아치는 듯했다.

"열일곱 살짜리 임신한 여자애를 데려와."

노파 같은 거친 니콜의 목소리에 정신이 번쩍 들었다.

"임신한 여자애요?"

니콜은 아무렇지 않게 담배를 피우며 말했다.

"배 속의 아이는 살아 있어야 돼. 태아의 부정한 피가 죽은 아이에게 새 생명을 줄 거야."

니콜은 담배 연기를 내뿜으며 싸늘하게 웃었다. 태주는 도망치고 싶었지만 꼼짝할 수 없었다. 심장이 미친 듯이 뛰었고 임신한 여자애, 태아의 피 같은 말들이 머릿속을 어지럽혔다. 와인을 한 모금 들이켠 니콜의 입술은 보랏빛으로 물들었다. 도대체 무슨 꿍꿍이인지 짐작하는 것만으로도 숨이 막혀왔다.

태주의 혼란과 두려움을 알고 있다는 듯 니콜이 쏘아보았다.

"왜? 못 하겠어?"

마녀의 심기를 건드린 것인지도 몰랐다. 태주는 가장 두려운 것을 묻고야 말았다.

"여자아이를 죽일 거예요?"

니콜은 발작적으로 웃음을 터뜨렸다. 마녀의 얼굴에 홍조가 나타났다 빠르게 사라졌다.

"아니, 여자애는 죽이지 않아."

태주는 그 말뜻을 헤아리다 소름이 돋았다. 그럼 배 속의 아이는? 마녀는 아랑곳하지 않고 녹색 셀러리를 소리나게 깨물었다.

"넌 이미 저주받은 손가락을 잘랐어. 돌이키기엔 너무 늦어버렸지."

둘 사이의 긴장된 공기를 셀러리 씹는 소리가 불협화음처럼 갈랐다. 태주는 천사원에서 자신 때문에 손가락 하나를 잃게 된 아이의 얼굴을 떠올렸다. 아이는 잘린 손가락의 고통을 떠올리며 환상통에 시달릴 것이다. 하지만 남들처럼 다섯 개의 손가락을 갖게 되었다. 그건 아이에게 축복이 아닌가. 마녀의 말이 옳았다. 그녀는 춥고 텅 빈 집으로 혼자서는 돌아가지 않을 것이다.

니콜은 다른 세계를 보고 있는 듯한 눈으로 중얼거렸다.

"하나를 얻으려면 다른 하나를 잃어야 하지."

태주는 모든 것을 잃어도 자신의 아이를 되살릴 것이다. 어느새 자신이 다른 사람이 되어 있다고 느꼈다.

"당신이 말한 여자아이를 꼭 데려올게요."

마녀는 그제야 만족스러운 미소를 지어 보였다.

"넌 아주 놀라운 능력을 지녔어. 강태주, 너를 믿어."


창밖에서 새들이 울어대는 소리에 태주는 소파에서 눈을 떴다. 긴 밤 깨지 않고 잠든 것은 처음이었다. 태주는 한 조각 햇살이 거실을 비추는 광경을 신기하게 바라보았다. 햇살에 비친 허공의 먼지는 살아 움직이는 날벌레들 같았다. 문득 니콜의 싸늘한 목소리와 흔들리는 촛불과 신비로운 푸른빛 병이 떠올랐다. 보라색 거품이 일고 있는 푸른빛 병은 무언가를 더 기다리는지도 모른다. 더 간절한 것, 더 위험한 것, 더 사악한 것.

태주는 넋이 나간 얼굴로 중얼거렸다.

"제물이 필요해……"

그녀의 눈동자가 서서히 빛났다. 곁에는 아무도 없었지만 자신만으로도 충분하다는 것을 알았다. 갑자기 맹렬한 허기가 밀려왔다. 그녀는 무언가 잃어버린 사람처럼 찬장을 열어 먹을 것을 찾았다.

싱크대를 뒤지다 먹다 남긴 비스킷 몇 조각을 발견했다.

유통기한이 지났지만 개의치 않았다. 어둠을 견디고 살아 남아 비스킷을 먹게 된 것이 기적이었다. 얼마 전까지 그 녀는 고통 속에 웅크린 채 밤을 기다리는 수밖에 없었다. 긴 밤 어둠이 통과하는 것을 견딘 이들에게만 아침이 찾 아왔다. 이제 마녀가 그녀의 아이를 긴 밤의 어둠 속에서 되살려주리라.

태주는 햇빛에 떠다니는 먼지를 보며 그녀가 해야 할 오직 한 가지 일만을 생각했다.

한빛여자고등학교 담벼락 사이에는 초록색 이끼가 융 단처럼 끼어 있었다. 그녀는 초록색 이끼가 행운을 가져 올지도 모른다는 믿음에 손바닥으로 쓸어보았다. 마지막 수업을 알리는 종소리가 10분 전에 울렸다. 이제 수십 명 의 여자아이들이 교문을 빠져나올 것이다. 아이들 중에 한 명을 찾아내야 한다. 불러오는 배를 복대로 싸매고 누 군가에게 들킬까 봐 초조한 날들을 보내는 여자아이를. 자궁 속에 씨앗처럼 자라는 생명을 저주하는 어린 엄마를. 여자아이에겐 없어져야 할 존재가 그녀의 아이에게 숨결 을 불어넣어줄 것이다.

여자아이들은 하나같이 빼빼 마르고 얼굴이 새하얗고 입술이 불그스름했다. 태주는 여자아이들의 발칙한 눈빛과 푸릇함에서 이상한 슬픔을 느꼈다.

태주의 눈동자가 바쁘게 움직였다. 간혹 허벅지가 두툼한 살찐 여자아이들이 지나갔는데 그들은 하나같이 우울하고 슬퍼 보였다. 아이들은 재잘대다가 이유 없이 까르르 웃어댔다. 여자아이들의 생기는 죽은 나무도 되살릴 것처럼 파릇했다.

태주는 아랫배가 조금 불룩하고 표정이 어두운 단발머리 여자아이의 팔뚝을 다짜고짜 붙잡았다. 단발머리 아이는 놀란 듯 쏘아붙였다.

"왜 이러세요?"

"몇 학년이니?"

태주는 웃어 보였지만 아이는 날카롭게 그녀를 쏘아보았다.

"1학년인데, 왜요?"

초조해진 태주는 단발머리 아이의 아랫배를 다시 훔쳐보았다.

"나랑 얘기 좀 할래?"

단발머리 아이는 인상을 쓰며 팔을 뿌리쳤다.

"뭐야, 재수 없어."

아이들은 태주를 보고 수군거리며 지나갔다. 그때 등 뒤에서 사탕을 핥는 듯한 우물거리는 목소리가 끼어들었다.

"아줌마, 난 시간 많은데."

그곳에 긴 머리칼로 뺨을 가린 묘하게 상기된 얼굴의 여자아이가 츄파춥스를 물고 그녀를 보고 있었다. 태주는 여자아이의 얼굴이 낯이 익었다. 찢어진 눈매와 삐뚜름한 코와 웃는 입꼬리가 부자연스러웠다. 모든 것을 알고 있다는 듯한 여자아이의 비밀스러운 웃음이 거슬렸다. 태주는 여자아이를 기억해내고 신음을 내뱉었다.

"너는⋯⋯."

중년 남자와 둔내행 고속버스 안에서 마주친 맹랑한 계집애였다. 더러운 터미널 화장실에서 손수건으로 감싼 손가락을 주운 여자아이였다. 화장을 하지 않고 교복을 입어 금방 알아보지 못한 것이다.

"그날, 왜 혼자 갔어요?"

여자아이는 손가락으로 머리칼을 배배 꼬며 말했다. 어쩌면 화장실에서 주운 손수건도 펼쳐 봤던 건 아닐까.

태주는 가슴이 두근거리고 얼굴이 달아올랐다. 그날 밤 그들에게는 무슨 일이 벌어졌을까. 여자아이의 검은 눈동자 속 덤불 같은 나뭇가지가 위험하게 흔들렸다. 여자아이는 다짜고짜 태주의 팔짱을 끼며 다가왔다.

"나 배고픈데 햄버거 사주면 안 돼요?"

그들이 함께 간 KFC에서 여자아이는 종일 굶은 듯 햄버거를 허겁지겁 먹어치웠다. 낯선 여자아이가 햄버거를 먹는 광경을 바라보자 태주의 가슴에 찬 바람이 부는 듯했다.

"점심시간엔 느글거려서 토했거든요."

여자아이의 얼굴은 푸석푸석하고 상한 두부처럼 핏기가 없었다. 여자아이의 몸속에서 무슨 일이 벌어지고 있는 것일까. 패딩 점퍼 속의 여자아이의 몸도 어딘가 모르게 부자연스럽고 부어 보였다.

여자아이는 감자튀김을 씹으며 배가 부른지 나른한 눈길로 태주를 바라보았다.

"있잖아요, 그거…… 뭐였어요?"

태주는 여자아이의 아랫배를 흘깃거리다 사례가 걸려 기침을 했다.

"뭐, 말이니?"

여자아이는 감자튀김을 두 개씩 입 속에 쑤셔 넣고 질 겅질겅 씹어 먹었다. 순간 여자아이의 눈빛이 반짝거렸다.

"그거요, 그날 손수건에 싼 그거."

술에 취한 줄 알았는데 여자아이는 그날 일을 똑똑히 기억했다. 여자아이가 협박을 하려는 건 아닐까. 그래서 이 계집애가 나에게 접근한 게 아닐까. 태주는 혼란스러움에 시선을 피하며 얼버무렸다.

"아무것도 아냐."

여자아이는 시큰둥한 얼굴로 주변 테이블을 둘러보았다.

"할 얘기가 뭔데요?"

태주는 침을 삼키고 여자아이를 바라보았다. 자꾸 패딩으로 배를 감추려는 손짓, 이유 없이 불안하게 경계하는 눈빛, 눈 밑의 보랏빛 다크서클. 아무리 태연한 척해도 그녀의 눈을 속일 수는 없었다. 태주는 임신했을 때의 기억을 고스란히 가지고 있었다. 태주는 콜라 컵을 쥐고 있는 여자아이의 손을 붙잡았다.

"나 좀 도와줄래?"

여자아이의 눈동자 속 나뭇가지가 크게 휘청거렸다.

"뭔데 그래요?"

여자아이의 목소리가 희미하게 떨렸다. 태주는 여자아이를 제대로 찾은 건지도 모른다. 마녀의 묘약에 쓰일 잃어버릴 뻔한 손가락을 주워준 것도 여자아이였다. 니콜이 말한 죽은 아이를 되살려줄 제물이 눈앞에 있었다. 태주는 벅찬 마음에 여자아이의 몸을 끌어안았다. 그리고 여자아이의 배 속에 다른 생명이 꿈틀대고 있는 것을 느꼈다. 여자아이는 당황해서 태주를 밀쳐내려고 했다.

"아줌마, 왜 이래요?"

태주는 가슴속에서 뜨거운 무언가가 끓어오르는 것을
느꼈다.

"고마워. 내 앞에 나타나줘서."

태주는 여자아이를 안았던 팔을 풀었다. 여자아이의 눈
빛이 불안하게 흔들렸다.

"이름이 뭐니?"

여자아이는 멍하니 눈을 깜빡이다가 대답했다.

"초희요."

쌉싸름한 풀 냄새가 나는 이름이었다. 네 배 속 존재가
필요해. 그것만 있으면 우리 아이가 다시 살게 돼. 네 아이
가 죽어야 우리 아이가 살아.

태주는 불안감을 애써 숨기며 활짝 웃어 보였다.

베네치아에 도착한 첫날부터 컨디션이 좋지 않았어요.
뱃멀미 탓인지 어지럼증이 도진 것 같았어요. 내가 말하지
않았나요? 나는 아주 오래전부터 이석증을 앓고 있어요.
처음 발병했던 건 열일곱 살 때였어요. 까마득한 옛날이야
기네요. 자작나무 숲에서 친구들과 모닥불을 피워놓고 춤

을 췄어요. 열 명 남짓한 여자아이들이었는데 열다섯에서 스무 살이 되지 않은 처녀들이었죠.

노래하며 손을 잡고 도는 것만으로도 미치도록 즐거웠어요. 우린 깔깔대며 흙바닥을 뒹굴었어요. 나도 흥분해 흙바닥에 드러누워 검푸른 하늘을 바라보았어요. 순간 세상이 빙글빙글 돌더군요.

나는 며칠째 어지럼증 때문에 일어서지도 못하고 침대에 누워 지냈어요. 부모님은 다른 도시에서 심령술사를 데려와 침대에 하얗게 들뜬 얼굴로 누워 있는 나를 보여주었어요. 회색빛 긴 머리칼을 풀어 헤친 노파는 내 머릿속에 수레바퀴 하나가 돌고 있다고 하더군요. 수레바퀴를 돌린 게 바로 마녀의 짓이라고 했어요.

그날 새벽, 숲에 모인 여자아이들은 모두 마녀로 지목당했어요. 아무 죄 없는 가여운 아이들이 잡혀간 거예요. 지금도 가끔 발병하는 어지럼증을 이비인후과에서는 이석증이라고 진단하더군요. 귓속 세반고리관에 칼슘 덩어리인 돌이 빠져나와 빙글빙글 돌기 때문이래요. 심령술사 노파의 말은 틀린 게 아니었어요. 내 안에서 무언가 혼자 돌고 있는 건 맞으니까요.

1783년, 나는 그해를 수백 년이 흐른 지금도 잊지 않고 있어요. 내 친구들이 마녀로 몰려 화형을 당했으니까요.

내가 살던 고장에서만 129명이나 억울하게 희생되었어요. 가난하고 교육받지 못한 여자아이들이었고, 귀족의 하녀로 일하거나 부모가 일찍 죽은 고아였어요. 스무 살도 되지 않은 순박하고 철없는 처녀들이었죠. 피지 못한 꽃 같은 아이들을 마녀로 몰아 무참히 살해했어요. 뜨거운 화염에 휩싸여 비명을 지르던 그 아이들의 울음소리가 아직도 환청처럼 들려요. 그렇게 많은 여자아이들이 억울하게 희생됐는데 아무 일도 없었던 것처럼 세상에 평온이 찾아올까요. 그렇다면 신이 인간을 버린 거겠죠.

수백 명의 죄 없는 여자들이 마녀사냥을 당하고, 마을에는 피 냄새가 끊이지 않았어요. 얼마 후 마을 곳곳에 전염병이 돌았어요. 어른 아이 할 것 없이 살이 타는 것 같은 고통 속에서 죽어갔어요. 그들은 마녀 화형식 때 죄 없는 아이들에게 돌을 던지고 눈을 감고 귀를 닫았던 방관자들이었어요. 이번엔 그들이 온몸에 붉은 두드러기가 돋고 피를 토하며 죽어갔어요.

정말 끔찍한 건 뭐였는지 알아요? 세상이 온통 죽음의 그림자로 뒤덮인 지옥 속에서도 내 친구들을 죽인 살인마들은 살아남았다는 거예요. 그들은 그들만의 높은 성 안에서 평온하고 살아가고 있었어요. 성 밖의 가난한 사람들은 고통 속에서 죽어가는데 그들은 매일 기름진 칠면조

를 먹고 와인을 마시며 흥청댔어요. 욕망에 취한 그들의
눈빛은 정말 역겨웠어요.

어둑어둑해져 페터와 나는 수상버스를 타고 호텔로 향
했어요. 어디를 돌아봐도 사방이 출렁이는 잿빛 바다뿐이
었어요. 배를 오래 탄 것도 아닌데 속이 울렁거리고 입덧
하는 여자처럼 얼굴이 창백해졌죠. 은빛 머리칼의 페터가
내 팔을 부축하며 장난스럽게 웃더군요.

"뱃멀미를 하는군. 괜찮소?"

나는 배에서 내리자마자 신물을 토했어요. 먹은 게 없
어 노란 위액만 나오더군요. 땅을 딛고 서 있는데도 여전
히 물 위에서 흔들리는 것 같았어요. 멀리서 은색과 금색
의 휘황찬란한 가면을 손에 들고 오페라극장을 나오는 사
람들, 잿빛 바다 위에 출렁이는 검은 곤돌라, 어디선가 들
려오는 희미한 기타 소리, 흥겨운 말소리, 웃음소리, 습기
가득한 공기. 베네치아는 도시 전체가 축제에 빠져 있었
죠. 죽음의 축제.

그때 검은 정장과 드레스를 차려입은 사람들 사이에서
히드로공항에서 마주쳤던 샬럿을 닮은 빨강 머리 여자아
이를 다시 보았어요. 가죽 재킷을 입은 남자도 함께였어요.

나는 페터를 향해 소리쳤어요.

"저기, 샬럿이 있어요!"

어둠 속에서 페터의 음습한 웃음소리가 들려왔어요.

"당신 말이 맞는지도 모르지. 유령들이 출몰하는 물의 도시니까."

그의 말대로 물 위에 흔들리는 검은 그림자는 빛의 잔영이 아니라 유령처럼 보였어요. 두려운 마음에 주위를 두리번거렸어요. 그사이 페터는 어디로 갔는지 보이지 않았고 나는 어둠이 내려앉은 베네치아를 멍하니 바라보았어요. 그 순간 내 가슴에 어떤 열망이 피어나는 걸 느꼈어요. 유령이 된 샬럿이라도 다시 만날 수 있다면……. 그 애의 숨결, 그 애의 살냄새를 다시 맡아볼 수 있다면 나는 무슨 짓이든 할 수 있다고 말이죠.

우리가 간 곳은 칠이 벗겨진 회색 벽으로 된 을씨년스러운 분위기의 호텔이었어요. 1층 레스토랑에 손님이라곤 페터와 나 둘뿐이었죠. 하얀 와이셔츠에 검은 조끼를 입은 백발의 노인이 주문을 받으러 다가왔어요. 얼굴에 주름이 많고 고집 센 인상이었죠. 그는 영어를 전혀 하지 못했어요. 100년이 넘은 오래된 호텔에서 영어를 못하는 백발의 이탈리아인과 마주하고 있으니 과거로 되돌아간 기분이었죠. 수상버스에서 속이 울렁거린 것도 시간을 거슬러 왔기 때문이라는 착각이 들더군요. 페터는 식사와 와인을 주문했고 나는 진토닉 한잔을 시켰어요.

그때 백발의 웨이터가 멈칫하며 나를 돌아보았어요. 내 눈을 정면으로 쏘아보며 이탈리아어로 무슨 말인가를 했어요. 나는 알아들을 수 없어 페터를 보며 어색하게 웃었죠.

그가 나에게 한 말은 무엇이었을까요. 내 삶을 향한 어떤 경고였을까요. 아니면 그가 아는 여자와 내가 닮았던 걸까요.

페터는 와인을 마시며 만족스러운 미소를 지었어요. 몽환적인 파티가 벌어지는 베네치아의 들뜬 분위기가 마음에 드는 모양이었어요. 나는 진토닉을 마시자 울렁이던 속이 좀 진정되었죠. 얼굴이 붉게 달아오른 페터가 등을 기대며 비아냥거리더군요.

"속이 시원하신가?"

나는 날카롭게 대꾸했어요.

"무슨 말이죠?"

페터는 와인잔을 빙글빙글 돌리며 비웃듯 말했어요.

"모든 게 당신 원하는 대로 됐어. 남편 복수도 그만하면 멋지지 않나? 에마가 술주정뱅이한테 개처럼 죽었으니."

나는 진토닉 잔을 소리 나게 내려놓았어요.

"그 얘긴 그만해요. 모두 그 여자 탓이죠."

페터는 벌써 술에 취했는지 연신 싱글벙글 웃더군요.

"내가 재밌는 복수 얘기 하나 들려줄까?"

순간 페터의 음울한 회색 눈동자가 위험하게 흔들렸어요.

"내가 왜 오래된 구닥다리 호텔을 예약했는지 아나? 여기 객실 창문에서 리알토 다리가 가장 잘 보이거든. 리알토 다리 근처에서 새벽 물안개가 피어나는 걸 본 적 있어? 여기가 지옥인지 천국인지 알 수 없을 만큼 기막히게 아름답지. 거기서 유령이 출몰한다는 얘기도 있고."

저 나이에 아직도 유령 타령이라니. 그는 늙지 않는 저주에 걸린 소년 같았어요.

페터는 한순간 갈라진 목소리로 털어놓았어요. 어둡고 축축한 땅속 깊은 곳에서 들려오는 듯한 목소리였죠.

"30년 전, 리알토 다리에서 아내가 빠져 죽었어."

나는 놀라서 그를 바라봤어요.

"내가 술에 수면제와 신경마비제를 섞어 마시게 하고 밀어버렸지. 모두가 잠든 푸른 새벽, 내가 아내를 살해하는 광경을 싸늘한 달만 지켜보고 있었어. 아내의 몸이 빠질 때 들리던 처연하고 섬뜩한 물소리를 잊을 수가 없어. 한 인생이 무참히 짓밟히는데도 소리를 지르거나 저항조차 하지 못했지. 아내의 혀는 이미 감각 없이 굳어 있었을 테니까. 아내는 순식간에 거품과 함께 검은 물속으로 사라져버렸어. 왜 이런 일이 벌어졌는지조차 모른 채 깊은 수면 속으로 서서히 가라앉았어.

아내의 머리는 바닷속 모래바닥에 둔탁하게 부딪쳤겠지. 그때까지 살아 있었다면 전 생애를 떠올리며 어디서부터 잘못되었는지 알아내느라 머릿속이 바빴을 거야. 폐에 물이 들어차고 심장이 멎기 직전에 떠올랐다면 다행이지. 아니면 그 멍청한 여자는 자기가 왜 죽는지도 모른 채 어이없이 생을 마감하게 되겠지. 퉁퉁 불어 어느 날 익사체로 떠오르거나 하얀 살점이 물고기들의 밥이 돼서 흔적도 없이 사라지는 거지.

공포와 혼돈 속에 흐릿해진 동공을 떠올려보라고. 어때? 숨 막히게 아름다울 거야. 어쩌면 그 검은 블랙홀 속에 삶의 불가해한 진실이 숨어 있는지도 모르지. 풀리지 않는 삶의 숱한 비밀과 의문들이 아름다운 베네치아 바닷물 속에 수장되어 있는 거야."

나는 페터가 무슨 이야기를 하는지 알 수 없었지만 베네치아에 음울한 어둠이 깔리고 있는 것은 알았죠.

"니콜, 왜 베네치아의 공기가 이토록 아름다운지 짐작이 가나?

아내가 죽은 후 몇 달간 베네치아에 익사체가 떠올랐다는 기사는 없었어. 아내의 몸은 바다의 일부가 되어 흔적도 없이 사라졌지. 내가 간절히 원했던 거였어. 나를 배신한 여자의 최후를 말이야. 다른 사람도 아닌 내 친구와 놀아난 여자를 결코 용서할 수 없었지.

그래, 벌써 눈치챘겠지만 나는 몇백 년을 살아온 드라큘라도 괴테의 친구도 아니야. 그저 친구한테 아내를 빼앗겨 복수심으로 가득찬 멍청이일 뿐이지.

그런데 한번 피어난 복수심과 질투는 내 안에서 도무지 사라질 생각을 않더군. 아내가 익사체가 되었는데도 그녀를 향한 복수심 때문에 괴로워했지. 난 자그마치 30년 동안이나 죽은 여자를 저주하고 증오했네.

복수심이란 그런 거야. 믿을 수 있겠나? 나는 죽은 아내에게 또 한 번의 복수를 꿈꾸는 광기에 이르렀지.

아내와 놀아난 친구 녀석은 그 무렵 무역업을 하고 있었네. 난 녀석이 자금 압박을 받도록 갖은 계략을 짰고 결국 회사가 부도 직전까지 이르렀지. 계획대로 녀석은 돈을 빌리러 내 사무실을 찾아왔더군.

'어젯밤 꿈에 몇 년 전 죽은 아내가 나왔어.'

녀석은 움찔 놀라며 말없이 위스키만 들이켰어. 나는 녀석을 더 벼랑 끝으로 몰았어. 악마처럼 이죽거렸지. 내 안에 가득 찼던 건 증오와 분노와 질투심뿐이었어.

'꿈에서 아내가 자넬 도와주라고 눈물 흘리더군. 대체 왜?'

녀석은 내 앞에서 무릎을 꿇더니 울먹이며 애원했어.

'자네 아내가 날 꼬셨어. 끝까지 안 된다고 밀어냈는데 정말 집요하게 들러붙어서 어쩔 수가 없었어.'

고작 이 정도 남자 때문에 나를 배신한 아내의 어리석음에 웃음이 나더군.

'내 아내를 사랑했나?'

그러자 조금 전까지 울던 녀석이 허파에 바람이 든 것처럼 웃더군.

'사랑? 미쳤나? 그냥 조금 데리고 논 것뿐이야. 가끔 거리의 향신료 냄새 나는 싸구려 케밥도 땡기는 법이잖아. 그런 게 인생 아냐?'

내 인내심은 한계에 도달해 폭발했지. 나는 테이블에 있던 위스키병으로 그 자식의 머리를 내리쳤어. 리알토 다리 위에서 달빛과 술에 취한 아내를 밀어버린 건 내 생애 가장 어리석은 짓이었다는 절망과 공포가 밀려왔지.

그 순간 피를 흘리며 정신을 잃고 있는 그자를 보며 깨달았네. 나를 배신한 건 아내가 아니라 내 삶이었다는 것을 말이야.

니콜, 속이고 있다고 믿지만 속는 건 바로 자기 자신이라네. 인간이야말로 불가해한 존재야. 끊임없이 자신을 속이고 또 속지. 그렇게 삶에게 잠식당하는 거야.

당신은 젊을 때 나를 보는 것 같아. 악의에 사로잡혀 아무것도 안 보이지. 눈먼 장님처럼.

니콜, 거울에 비친 당신의 초록빛 눈동자를 한번 들여다봐. 당신은 몰라도 초록빛 눈동자는 모든 것을 알고 있을 테니까."

순간 거짓말처럼 잊고 있던 오래전의 풍경이 유리 조각처럼 떠올랐어요.

샬럿의 방이었고 집 안엔 나와 아이 둘뿐이었어요. 나는 아이에게 무섭게 화를 내고 있었어요. 감정이 너무 격해져 소리를 질러댔죠. 그 아이는 새끼 양처럼 벌벌 떨며 잘못했다고 눈물을 흘렸어요. 아이가 잘못한 건 방을 조금 어질러놓은 것뿐이었어요. 그런데도 나는 분노를 조절하지 못해 아이의 인형과 장난감을 집어 던졌어요. 한순간 내가 던진 플라스틱 인형이 아이 이마에 맞았어요. 아이는 너무 놀라 비명도 지르지 못한 채 얼어붙었죠. 이마에는 금세 피가 흐르고 딸꾹질을 하며 벌벌 떨었어요. 붉은 피를 보자 그제야 나는 정신이 돌아오더군요. 그래요. 화가 난 건 그 아이 때문이 아니에요. 남편이 거짓말을 하고 집을 나갔기 때문이었죠. 남편이 어디로 갔을지 알았지만 자존심과 분노 때문에 죄 없는 샬럿에게 화풀이를 했던 거예요. 두려움에 질려 창백한 얼굴로 떨던 가엾은 샬럿의 모습이 떠오르네요.

'엄마, 어질러서 정말 미안해요. 화내지 마세요. 잘못했
어요.'

우린 스스로도 알지 못하는 사이, 완전히 다른 사람이
되기도 하죠. 페터의 과거 이야기 때문에 기분이 착잡했
어요. 그의 아내가 빠져 죽었다는 베네치아의 잿빛 바다
와 음울한 공기가 나를 뒤흔들고 있었어요.

그 순간 호텔 레스토랑의 나무 문이 삐걱 열리며 누군
가 들어섰고 숨이 멎는 줄 알았어요.

공항에서 마주친 샬럿을 닮은 여자아이가 눈앞에 서 있
었어요. 싸구려 가죽 재킷을 입은 남자의 팔짱을 끼고요.

◆◆

태주는 초희를 그녀의 좁은 아파트로 데려왔다. 그릇이
쌓여 있는 부엌과 죽은 고래 같은 회색 소파와 어수선한
거실을 초희는 무심한 눈으로 둘러보았다. 태주는 옷가지
를 치우며 어색하게 웃었다.

"정신이 없어서 청소를 못 했네."

168

초희는 시큰둥한 얼굴로 소파에 가서 털썩 앉았다.

"집이 다 그렇죠."

초희는 자기 집인 듯 거리낌 없이 행동했다.

"내가 뭘 하면 돼요?"

태주는 커피포트에서 끓어오르는 뜨거운 수증기에 손이 데일 뻔했다.

네 아이의 피가 필요해. 그래야 내 아이를 살릴 수 있어.

태주는 미소를 지으며 태연하게 말하려고 했지만 목소리가 떨렸다.

"니콜이라는 여자가 저녁식사 초대를 했어. 거기 함께 가면 돼."

초희는 녹차를 한 모금 마시며 얼굴을 찡그렸다.

"니콜? 외국인인가? 그게 다예요?"

이 아이는 대체 무슨 일을 기대한 걸까. 초희는 당돌하고 두려움 없는 눈으로 태주를 빤히 보았다.

넌 마녀의 제물이 될 거야.

초희는 지루한 듯한 얼굴로 액자 하나 걸리지 않은 거실을 둘러보았다.

"니콜이라는 여자는 왜 사람들을 초대해요?"

촛불이 춤추는 밤, 세상 사람들이 잠든 시간, 생명의 묘약을 만들던 니콜의 위험한 얼굴과 초록빛 눈동자가 떠올랐다. 태주는 입술을 깨물며 대답했다.

"혼자 살아서 외로워서 그렇겠지?"

초희는 인상을 쓰며 내뱉었다.

"할 일 없는 여자네."

태주는 니콜이 마녀라는 사실을 들킬까 봐 초조했다.

"너 수술비 필요하지? 같이 가주면 돈 줄게."

초희는 붉어진 얼굴로 당황한 듯 말을 더듬었다.

"지, 지금 무슨 말이에요?"

태주는 손가락으로 초희의 배를 가리키며 웃었다.

"너 임신했잖아. 안 낳을 거지?"

초희는 창백한 얼굴이 되어 아무 말도 하지 못했다. 그러고는 한참 후에야 품, 웃음을 터뜨렸다.

"어떻게 알았어요? 신기하네. 우리 엄마도 모르는데."

태주는 쑥스럽게 웃으며 떨리는 목소리로 고백했다.

"나도 얼마 전에 아기를 낳았거든."

순간 두 사람은 투명하고 따뜻한 막에 싸인 듯한 기이한 감정을 느꼈다. 초희는 무언가를 찾는 듯 집 안을 다시 둘러보더니 계산을 끝낸 듯한 얼굴로 말했다.

"갈게요. 저녁 초대."

태주는 터질 듯한 기쁨을 감추며 손을 꼭 쥐었다.

"고마워. 정말, 잘 생각했어."

초희는 하품을 하며 나른한 표정을 지었다. 태주는 알고 있었다. 임신하면 얼마나 쉽게 몸이 피로해지고 잠이 쏟아지는지.

"다리 뻗고 편하게 쉬어."

초희는 잠시 주저하다가 다리를 소파 팔걸이에 올리고 누웠다. 2인용 소파에 몸이 다 들어갈 만큼 작고 아담한 아이였다. 누운 지 채 1분도 되지 않아 초희는 얕은 숨소리를 내며 곯아떨어졌다. 어린 엄마는 낯선 집, 낯선 소파에서도 쏟아지는 잠을 이겨내지 못했다.

태주가 임신했을 때도 종종 낮잠을 자던 소파였다. 그곳에 낯선 여고생이 잠든 모습을 보니 이상한 기분이 들었다. 초희는 입을 살짝 벌리고 방심한 채 바람 소리 같은 숨을 내쉬었다. 태주의 시선이 초희의 배에 머물렀다. 태주의 심장박동이 빨라졌다. 초희의 아랫배는 작은 무덤처럼 봉긋했다. 배 속의 아이는 곧 어둡고 축축한 자궁 속에서 죽게 될 것이다. 잠든 초희는 아무것도 모른 채 죽음을 품에 안을 것이다.

이 철없는 아이에게 무슨 끔찍한 짓을 하는 걸까. 오후의 겨울 햇살이 어린 짐승처럼 잠든 초희의 어깨에 날카롭게 내려앉았다.

하지만 너와 나는 이미 벗어날 수 없을 만큼 얽혀버렸

어. 누군가 하나가 사라져야 나머지가 살아.

태주는 잠든 초희를 싸늘한 눈빛으로 바라보았다.


벽에 기댄 채 잠들었던 태주는 현관문 열리는 소리에
눈을 떴다. 남편이 유령처럼 집 안으로 들어섰다. 태주는
오랜만에 보는 남편이 믿어지지 않아 멍하니 있었다. 그
제야 초희가 떠올라 소파를 돌아보았다. 소파는 아무도
없었던 듯 텅 비어 있었다.

"얘가 어디 갔지?"

남편은 허물 같은 빈 가방을 내려놓고 그녀를 경멸 섞
인 눈으로 쳐다보았다. 그들은 한 달 만에 만났지만 인사
조차 나누지 않았다. 태주는 다짜고짜 남편을 붙들었다.

"여자애 못 봤어? 소파에서 자고 있었는데."

남편은 태주의 손을 떼어내며 싸늘하게 말했다.

"변한 게 없네. 이 집이나 너나."

그는 머리와 수염도 깔끔하게 자르고 말끔한 모습이었
다. 남편은 군산에서의 새로운 삶이 만족스러운 것 같았다.

태주는 초조해져서 손톱을 물어뜯었다.

"애가 말도 없이 사라졌어."

그는 지겹다는 듯 고개를 흔들며 안방 문을 소리 나게
닫았다. 태주는 불안하게 서성이다 냉장고에 붙은 노란색

포스트잇을 보았다.

아줌마, 모처럼 푹 잤어요. 이 집이 마음에 들어요.
한초희 010-5133-××××

가방을 챙겨 나온 남편은 태주의 눈을 피하며 감정 없
는 목소리로 말했다.
"생각보다 일이 많아서 오래 걸릴 거야."
그녀는 남편에게 마녀 니콜과 아이를 살릴 생명의 묘약
과 관련한 그 어떤 이야기도 할 수 없었다. 아이가 살아 돌
아오면 그는 군산에 내려가지 않을 것인가. 그녀는 남편을
용서하고 남편도 그녀를 용서하는 날이 올 수 있을까.
남편은 무슨 말인가 하려는 듯 망설이다 말없이 돌아섰
다. 현관문이 사납게 닫혔고 태주는 어둠 속에서 혼자가
되었다. 짧은 겨울 해가 넘어갔다. 집 안에 어느새 어둠이
스며들었다.

밤하늘에는 얼음 같은 보름달이 떠 있었다. 뉴스에서
예보한 대로 한파가 들이닥친 날이었다. 거리와 강물은
얼어붙었고 흔한 비둘기조차 보이지 않았다. 초희는 검정
패딩 점퍼에 붉은색 털목도리를 코까지 친친 감고도 몸

을 떨었다. 태주는 초희를 향해 웃어 보였지만 초희는 웃
지 않았다. 슬쩍 초희의 아랫배를 훔쳐보았다. 사흘 전보
다 불룩해진 것 같았다. 그들은 아무 말도 하지 않고 마녀
의 오피스텔로 향했다.

엘리베이터 안에는 두 사람뿐이었다. 초희의 얼굴은 며
칠 전보다 핼쑥하고 까칠했다. 철분제나 영양제를 챙겨 먹
지 않아 빈혈에 시달릴 것이다. 초희는 허공을 보며 멍한
얼굴로 중얼거렸다.

"그동안 배에 이상한 느낌이 들었는데……."

태주가 놀라 쳐다보자 초희는 무표정하게 내뱉었다.

"아이가 발로 차는 거였어요."

태주는 뺨과 입술이 굳는 느낌을 받았다. 얼어붙은 태
주를 향해 힘없이 웃어 보인 것은 초희였다.

"나 좀 병신 같죠?"

엘리베이터 문이 활짝 열렸다. 저 앞에 마녀 니콜이 그
들을 기다리고 있었다.

909호 현관문이 열리며 초록색 시폰 드레스를 입은 니
콜이 웃으며 맞이했다. 니콜의 초록빛 눈동자는 그녀의 목
에 걸린 에메랄드 목걸이보다 반짝거렸다. 빨간 매니큐어
가 칠해진 니콜의 손은 스스럼없이 초희의 손을 붙잡았다.

"어서 와요, 예쁜 아가씨."

초희는 어리둥절한 얼굴로 마녀가 이끄는 대로 집 안으로 들어갔다. 태주는 아름다운 초록빛 눈동자 너머의 광기가 떠올라 어깨를 가늘게 떨었다.

식탁 위에는 붉은색 양초가 타오르고 주위에는 하얀 백합꽃이 장식되어 있었다. 비프스테이크, 감자샐러드, 닭날개구이, 치즈카나페, 설탕 자몽구이 등 셋이 먹기에 너무 많은 음식이 차려져 있었다. 초희는 음식을 보자마자 눈빛이 반짝였다. 니콜은 친절한 호스트의 미소를 띠며 초희의 의자를 빼주었다.

"편안하게 마음껏 즐겨요."

태주는 마녀의 검은 꿍꿍이가 짐작도 되지 않았다. 저 음식들에 독을 탔을지도 모른다. 초희는 의심 없는 얼굴로 음식을 보며 군침을 삼켰다. 니콜은 샴페인을 가져와 은밀한 미소를 머금은 채 잔에 따랐다. 태주는 무슨 말이라도 해야 한다고 생각했다.

"음식이 너무 많은 거 아니에요?"

니콜과 태주의 눈빛이 날카롭게 부딪쳤다.

"예의 없이 무슨 그런 말씀을."

니콜은 멍하니 있는 초희를 향해 우아한 웃음을 지어 보였다. 유리잔에 수많은 기포가 폭죽을 터뜨리듯 솟아올랐다.

"오늘은 두 별의 운명이 바뀌는 특별한 날이죠."

검은 마스카라를 칠한 니콜의 긴 눈썹이 파르르 떨렸다. 니콜의 눈동자는 생의 비의, 의혹, 비밀을 품은 듯 두렵고도 신비로워 보였다. 태주는 두 별이란 초희 배 속의 태아와 죽은 아이를 뜻한다는 것을 깨닫고 심장이 죄어오는 것 같았다. 니콜은 친절하지만 거부할 수 없는 눈빛으로 레몬이 떠 있는 희뿌연 액체를 유리잔에 따랐다.

"어린 아가씨는 상큼한 레모네이드 괜찮죠?"

초희는 순순히 고개를 끄덕였다. 그리고 순한 짐승 같은 눈으로 태주를 바라보았다. 문득 초희 배 속에서 놀고 있을 태아를 떠올렸다. 9개월, 아니 곧 낳을 때가 얼마 남지 않았을지도 모른다. 3킬로그램쯤 될까. 속눈썹, 손톱, 머리카락, 성기까지 모두 자라 거의 완전한 인간의 모습일 것이다. 태아는 자궁 속에서 편안하게 유영하며 바깥세상을 맞이할 미래를 꿈꿀 것이다. 거기까지 생각이 뻗치자 설탕 자몽구이를 정신없이 먹는 초희의 모습을 보자 두려움과 구역질이 치밀었다.

태주는 희미해진 죽은 아이의 얼굴을 떠올리려고 애썼다. 피 묻은 초록색 강보에 싸여 있던 창백한 천사를 기억해내려고 했다. 그러나 머릿속은 암흑처럼 아무것도 떠오르지 않았다. 심장이 미친 듯이 뛰고 목이 타는 듯한 갈증이 났다.

니콜은 샴페인 잔을 치켜들었다. 망설이다 태주도 잔을 들었다. 초희는 멍한 눈으로 뿌연 레모네이드를 바라보았다. 허공에서 유리잔 세 개가 부딪치며 날카로운 파열음이 울렸다. 초희는 스테이크와 닭날개구이를 무서운 속도로 먹어댔다. 이별할 태아에게 마지막 만찬을 주려는 걸까. 니콜은 호기심 어린 눈빛으로 초희를 바라보았다.

"어린 아가씨는 혹시 괴테를 아나?"

초희는 한 손에 닭날개구이를, 다른 손엔 치즈카나페를 쥐고 정신없이 먹었다. 레모네이드를 마신 초희의 뺨이 발그레하게 물들었다. 레모네이드는 유리병 안에서 기묘하게 찰랑거렸다. 마녀는 레모네이드에 무슨 짓을 한 걸까. 초희는 니콜의 질문에 심드렁하게 대꾸했다.

"그게 누군데요?"

니콜의 양미간에 주름이 잡혔다가 사라졌다.

"사랑은 미친 질병이라는 걸 알고 있는 작자지."

초희가 움찔 놀라자 니콜은 허무한 얼굴로 중얼거렸다.

"그 끝은 파멸, 아니 텅 비어 아무것도 남지 않아."

바람도 불지 않는데 식탁 위 촛불이 저 혼자 흔들렸다. 마녀의 심기가 불편하다는 징후인지도 모른다. 니콜은 레모네이드를 한 잔 더 따르며 초희를 은밀한 눈으로 바라보았다.

"아가씨는 남자친구가 있나요?"

초희는 음식을 먹다가 말고 졸음이 밀려오는지 하품을
했다.

"없어요."

니콜은 샴페인을 들이켜며 초희를 흥미롭게 지켜보았다.

"왜죠?"

초희의 눈빛이 나른하고 흐릿하게 풀렸다. 입술에 설탕
가루를 묻힌 채 어린아이같이 자꾸 눈을 감았다.

"멍청하고 귀찮아서요."

"발칙한 아가씨네."

웃음을 터뜨리는 니콜의 입술이 미묘하게 비틀리는 것
을 태주는 흘깃 보았다. 그새 초희는 고개를 떨구고 졸기
시작했다.

"아줌마…… 왜 이렇게…… 잠이 오죠?"

초희는 식탁에 머리를 쿵 찧으며 완전히 곯아떨어졌다.
니콜은 샴페인을 다 들이켜고 잠든 초희를 싸늘하게 바라
보았다.

"멍청한 계집애, 수면제 든 레모네이드를 정신없이 마
셔댔으니까."

태주는 놀라서 니콜을 쏘아보았다.

"무슨 짓을 한 거예요?"

"호들갑 떨지 마. 그냥 잠든 것뿐이니까."

니콜은 포크를 빙글빙글 돌리다 핏물이 밴 스테이크에 찔러 넣었다.

"이제 피의 축제를 시작해볼까?"

비구름이 몰려오는지 하늘에서 벼락 치는 소리가 났다. 초희는 아무것도 모른 채 식탁에 머리를 기대고 평화롭게 잠들어 있었다.

◆

누구나 살면서 한 번쯤 행복했던 순간이 있겠죠. 끔찍했던 내 삶에도 빛나던 순간이 있었어요. 샬럿이 다섯 살 때였어요. 우린 노스요크무어스 국립공원으로 둘만의 캠핑을 떠났어요. 그이는 늘 바빴거든요. 주말에도 집에 없는 날이 많았어요. 말하지 않았나요? 샬럿의 아빠는 병원에서 근무하는 유능한 의사죠. 그러나 아빠로서는 형편없는 사람이었어요. 생애의 한 번뿐인 감격적인 순간들에도 샬럿 곁에 있어주지 못했으니까요. 그 아이가 처음 말을 했을 때, 첫 걸음마를 떼었을 때, 그 아이의 생일

179

날, 크리스마스에도 그는 늘 수술실과 병원에 있었죠. 가끔 그런 생각을 해요. 그의 집은 이곳이 아니라 수술실이 아닐까.

샬럿의 다섯 살 생일을 기념해 그 아이와 나는 짧은 여행을 떠났어요. 노스요크무어스 국립공원의 광활한 황무지 그리고 거친 잡초와 광야를 뒤덮은 보랏빛 야생화는 천국을 떠오르게 했어요. 그곳에서 풀 뜯는 야생마를 바라보는 것만으로 가슴이 두근거렸죠. 그 아이는 헤더라는 야생화를 꺾으며 어린 야생마처럼 드넓은 황무지를 달렸어요. 샬럿만 곁에 있으면 끝이 보이지 않는 스산한 황무지도 영원히 걸을 수 있을 것 같았어요. 그 순간 나는 삶이 선사하는 완벽한 행복을 경험했어요.

그날 저녁 우리는 소시지와 마시멜로를 구워 먹고 노래를 부르고 야생화로 팔찌와 목걸이도 만들었어요. 우리는 텐트를 치고 밤하늘의 별을 보며 누웠어요. 내 품에 안긴 그 아이는 코알라 새끼처럼 작았죠.

문득 산새 울음소리가 들려왔고 가슴이 서늘해지며 눈가에 알 수 없는 눈물이 흘러내렸어요. 그 아이가 3년 뒤 내 곁을 떠난다는 걸 예감했던 걸까요.

주위의 어둠과 새 울음소리와 풀벌레 소리가 두려워 그 아이를 꼭 끌어안았어요.

울지 마요, 엄마. 내가 반짝이는 별을 따줄게요.

고마워, 나의 샬럿.


그 아이는 아름다운 약속을 남기고 스스로 별이 되어 내 곁을 떠났어요. 왜 그런 잔혹한 운명이 그 아이에게 주어진 걸까요. 황무지를 떠도는 유령들이 우리의 사랑을 시기해 그 아이에게 풀리지 않는 저주를 걸었는지도 몰라요. 행복한 순간은 언제나 바람같이 지나가죠. 그리고 빛나던 찰나의 순간은 다시 돌아오지 않아요.

그 아이는 여덟 살이 되자 내 말을 듣지 않았어요. 자연스러운 일이야. 당신 품을 떠나 인간으로 성숙해가는 거야. 남편은 더 이상 샬럿에게 집착하지 말라고 충고하더군요. 집착이라니요? 그런 바보 같은 소리를 지껄이다니. 나는 샬럿을 낳은 엄마예요. 그 애를 바라보고 사랑하는 건 태어날 때부터 정해진 운명이라고요. 누구도 우리 둘 사이를 갈라놓을 수 없어요. 남편이 다른 여자에게 빠져들면서 그 모든 게 부서져버렸지만요.


베네치아의 100년 넘은 낡은 호텔 레스토랑에서 샬럿을 닮은 여자아이와 마주친 것도 운명이었을까요. 우리가 두 번이나 마주친 것도 둘 사이에 얽혀 있는 끈 때문이었을지도 모르겠네요. 빨강 머리 여자아이는 가죽 재킷을 입은 남자친구와 맥주를 시켜 마시더군요. 나는 페터가 떠난 뒤에도 레스토랑에 남아 그 커플을 지켜보았어요. 둘의 대화는 들리지 않았지만 분위기가 심상치 않은 건 느낄 수 있었어요.

둘 사이의 균열이 공기에서도 느껴졌어요. 남자는 신경질을 내다가 변명을 하다가 짜증 내기를 반복했어요. 빨강 머리 여자아이는 말없이 맥주만 들이켰어요. 그들은 함께 있지만 서로를 사랑하지 않는다는 걸 알았어요. 아름다운 베네치아가 그들의 마지막 여행지가 된 거죠.

그러고 보니 페터도 베네치아에서 사랑하는 아내를 잃었네요. 이 도시의 음울하고 유령 같은 공기는 사랑과 배신 그리고 복수와 잘 어울리네요. 남자는 참을 수 없다는 듯 욕설을 퍼부으며 맥주를 여자아이의 얼굴에 끼얹었어요. 정말 못돼먹은 남자였어요. 그러더니 남자는 모든 것에 넌덜머리가 난다는 얼굴로 레스토랑을 떠났어요.

그때 여자아이는 맥주에 흠뻑 젖은 얼굴로 소리 내 웃더군요. 웃지 않고는 견딜 수 없다는 듯 발작적인 웃음이었어요. 저 아이 내면에서 무언가 잘못된 걸까요. 나는 여자아이에게 다가갔어요.

"괜찮니?"

여자아이는 어깨를 으쓱해 보였어요.

"보다시피 맥주로 세수한 거 빼곤요."

"앉아도 될까?"

"마음대로 해요."

여자아이는 그제야 티슈로 얼굴을 닦더군요. 가까이 앉아 있으니까 숨이 막히는 것 같았어요. 죽은 샬럿이 살아 돌아온 것 같아 심장이 두근거렸어요. 여자아이는 묘한 눈빛으로 나를 바라보더군요.

"왜 날 따라다녀요?"

나는 웃으며 백발의 이탈리아인 웨이터를 불러 맥주를 더 시켰어요. 그 아이가 나를 기억해준 게 기뻤죠.

"우린 자주 만나는구나."

나는 웨이터가 가져다준 시원한 맥주를 들이켜며 여자아이를 바라봤어요.

"남자친구랑 싸운 거 같은데 괜찮니?"

"이미 끝났어요."

여자아이는 아무 가책도 없는 무덤덤한 얼굴로 내뱉더군요.

"다른 남자를 만나다 들켰거든요."

가슴에 오래전 느꼈던 날카로운 통증이 되살아났어요. 애초에 남녀 간의 사랑은 존재하지 않는지도 몰라요. 모두가 괴테의 저주에 걸려버린 거죠. 오래전 남편에게 느꼈던 적의가 여자아이에게도 일렁이기 시작했어요. 여자아이는 남자친구를 배신하고 남편의 여자인 에마는 남편을 배신했죠. 에마를 기다리는 건 새 남편의 배신이었죠. 배신은 또 다른 배신을 잉태해요. 영원히 끝나지 않는 저주에 걸린 거죠. 사랑에 빠졌다고 믿는 순간이, 배신의 덫에 걸린 치명적인 순간인 거예요.

나는 어리석은 사람들에게 배신의 끝을 알려주려고요. 동양에 아주 멋진 말이 있더군요. 인과응보. 그것이 바로 세계를 유지시켜주는 아름다운 질서죠.

나는 여자아이를 보며 미소 지었어요.

"나쁜 짓을 했구나."

여자아이는 삐딱하게 나를 바라보았어요. 나는 유혹적인 눈빛으로 그 아이를 봤어요.

"오늘 밤, 리알토 다리에서 근사한 축제가 벌어진다는데 구경 가지 않을래?"

그 아이는 눈빛을 반짝이며 나를 보았어요. 여덟 살 나의 샬럿처럼요.


다음 날 이른 아침, 베네치아에는 짙은 안개가 깔려 있었어요. 5미터 앞도 보이지 않는 두터운 안개였어요. 그리고 두 구의 시신이 발견되었어요. 하나는 리알토 다리 근처에 정박해놓은 흔들리는 검은 곤돌라 위에서였죠. 검은 곤돌라는 관처럼 보였어요. 그 안에 검은 정장을 입은 은발의 페터가 눈감고 있었어요. 깊은 잠에 빠진 것처럼 평화로운 모습이었죠. 그는 사랑했던 아내 곁으로 돌아간 거예요. 목에는 하얀 밧줄이 묶인 채 그 줄은 리알토 다리와 연결되어 있었어요. 이탈리아 경찰들은 그의 죽음을 자살로 결론 내리겠죠. 페터의 손에는 쪽지 한 장이 쥐여 있었으니까요.

페터, 오랜 시간을 돌고 돌아 아내 곁으로 돌아가다.

묘비명에나 어울릴 법한 유서네요. 이제 페터는 행복해졌을까요.

또 한 구의 시신은 내가 묵었던 낡은 호텔 객실 401호에서 발견되었어요. 21세, 미국 여자, 이름은 크리스틴이었죠. 샤워기에 밧줄로 목을 맨 채 욕조에 누워 있었죠. 양쪽 손바닥에는 십자가 모양으로 칼에 베인 상처가 발견되었어요. 마치 과거에 처형당하던 마녀처럼. 맞아요. 샬럿과 닮은 빨강 머리 여자아이였어요. 살아서는 이름도 몰랐는데 죽어서야 알게 되었네요. 그 아이의 이름이 크리스틴이었군요.

똑똑한 FBI들은 4년 전 영국 액턴타운에서 일어난 화재 사건과 공통점을 찾아낼 수도 있었을 텐데. 화재로 불에 탄 여덟 살짜리 샬럿의 손바닥에도 붉은 크레파스로 십자가가 그려져 있었는데 누구도 알아채지 못했죠. 끔찍하게 살이 다 타버렸으니까요. 내 딸의 죽음도 방화가 아닌 단순 화재로 처리되었으니 베네치아의 여자아이 죽음도 자살로 마무리될까요. 아니면 두 사건이 한 사람이 저지른 비슷한 살인사건으로 분류돼 재수사를 하게 될지도 모르죠. 정말 감탄할 만큼 깔끔한 솜씨였어요. 지문 하나 머리칼 하나 남기기 않고 유유히 유령처럼 사라졌으니 말이에요.

이탈리아 경찰들이 리알토 다리에서 발견된 페터의 시신과 거기서 500미터쯤 떨어진 낡은 호텔에서 발견된 크리스틴의 시신을 실어 나르는 동안, 나는 리알토 다리 근처 카페에서 아침을 먹었어요. 카푸치노 한잔과 크루아상이면 충분히 근사한 아침이었죠. 베네치아에서 아침에 마시는 카푸치노는 정말 죽여주더군요. 나는 페터와 빨강 머리 여자아이의 죽음을 카푸치노와 함께 애도했어요. 그리고 미련 없이 베네치아를 떠났죠.

나는 바람의 길을 따라 떠도는 바람의 딸, 마녀니까요.

4장

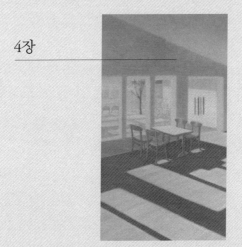

◆◆◆

초희가 남자를 만난 것은 자주 가는 단골 피시방에서였다. 그는 항상 검은 양복을 입었고 늘 블랙커피를 마셨다. 남자의 컴퓨터 화면에는 복잡한 그래프와 숫자가 출렁거렸다. 그녀는 게임을 하면서도 남자가 신경 쓰였다. 남자는 시간을 죽이는 게 아니라 중요한 일을 하는 것 같았다. 남자는 마흔 중반쯤 돼 보였다. 매일 같은 피시방에서 마주치는 걸 보면 회사에서 쫓겨난 게 틀림없었다. 남자의 가족은 그 사실을 전혀 모르고 있을 거라고 생각했다. 자신과 엄마가 아빠에 대해 아무것도 몰랐던 것처럼. 너무 가깝기 때문에 아무것도 보지 못하는 것이다. 초희와 남자는 옆자리에 앉아서도 서로가 유령인 듯 보이지 않는 척했다.

그날은 아침부터 비가 추적추적 내렸고 기분도 별로였
다. 초희는 기분이 별로일 때는 학교에 가지 않았다. 대학
에 갈 생각이 없는 아이들이 모인 고등학교였다. 결석을
해도 선생들조차 신경 쓰지 않았다. 초희는 갈 데가 없어
피시방에서 시간을 때웠다. 그때 휴대폰이 울렸다. 엄마였
다. 초희는 퉁명스럽게 전화를 받았다. 온라인게임 속에서
들리는 전투 소음 때문에 주변은 시끄러웠다. 엄마 목소리
는 다른 날과 달리 축축하게 가라앉아 있었다.

"오늘 무슨 날인지 알지?"

초희는 아빠의 죽음 뒤 엄마를 보는 게 편치 않았다. 아
빠의 사망보험금으로 꿈꾸던 카페를 차려 아무렇지 않게
살아가는 엄마는 아빠만큼이나 이해가 되지 않았다. 엄마
의 얼굴에서 미망인의 슬픔 따위는 찾아볼 수 없었다. 오
히려 새로운 삶을 향한 의지로 빛나는 게 기이하게 느껴
졌다. 자신과 엄마는 아빠를 벼랑 끝으로 밀어붙인 공범
이 아닌가. 그들이 그를 그토록 냉랭하게 대하지 않았다
면 아파트 공사 현장의 까마득히 높은 지상에서 추락하지
않았을지 모른다.

초희는 쌀쌀맞게 대꾸했다.

"왜?"

수화기 저편에서 차분하고 연극적인 목소리가 들려왔다.

"아빠 기일이잖아. 늦지 않게 와."

초희는 짜증 섞인 말투로 소리쳤다.

"안 가니까 기다리지 마!"

배터리가 다 된 휴대폰은 그대로 죽어버렸다. 엄마가 그녀의 말을 들었는지 확신이 없었다. 초희는 부당한 기분에 휩싸여 휴대폰을 내팽개쳤다.

"아, 짜증 나."

옆자리에서 무뚝뚝하고 무심한 목소리가 들려왔다.

"필요하면 써."

남자가 모니터에 시선을 둔 채 휴대폰을 초희 쪽으로 내밀었다. 초희는 모니터만 뚫어지게 보는 남자를 돌아보았다. 모니터에서는 멀미가 날 것 같은 그래프와 숫자가 출렁거렸다.

"오늘 그거 잘돼요?"

남자는 초희의 말을 이해하지 못한 듯 아득한 표정을 지었다. 뒤늦게 피식 웃더니 말없이 컴퓨터를 끄고 일어났다. 초희도 아무 두려움 없이 그를 따라 나갔다.

그들이 지하 피시방에서 세상 밖으로 함께 나온 것은 처음이었다. 밖에는 비가 추적추적 내렸고 그들에겐 우산이 없었다. 남자는 떨어지는 빗방울을 넋을 놓고 쳐다보며 중

191

얼거렸다.

"씨발, 비 오는 줄도 모르고 일했네."

남자는 따라오라는 듯 턱짓을 하더니 아무렇지 않게 빗속을 걸어갔다. 빗속을 걸어가는 뒷모습이 한순간 아빠의 유령처럼 보였다. 어깨에 무거운 짐을 벗어던진 유쾌한 남자는 멍하니 서 있는 그녀를 돌아보았다. 초희는 무언가에 홀린 듯 남자를 쫓아 빗속으로 뛰어갔다. 목덜미에 차가운 빗방울이 닿자 정신이 맑아졌다.

남자는 편의점에 들어가 팩소주 두 개와 훈제오징어를 샀다. 그는 소주에 빨대를 꽂아 유리창 밖을 보며 마셨다. 오징어를 죽 찢어 질겅질겅 씹어 먹었다. 초희는 그런 남자가 재미있다는 듯 바라보았다. 남자는 팩소주를 아무렇지 않게 내밀었다.

"하나 빨래?"

초희가 머뭇거리자 남자는 빨대를 꽂아주었다. 남자는 다시 오징어다리를 씹으며 비 오는 창밖을 내다보았다.

"비는 쏟아지고 돈도 왕창 잃었는데 소주나 빨아야지."

초희는 남자의 목소리가 어느 개그맨을 닮았다는 것을 깨달았다. 그래서 그가 말할 때마다 웃음이 나려고 했다. 처음 보는 아저씨와 팩소주쯤 나란히 빤다고 인생이 달라지진 않을 것이다. 그녀의 배 속에서 자라는 그것에게도 괜찮을까. 태연은 초희가 임신한 걸 알고는 울먹이며 자기가 다 책임지겠다고 했다. 얼마 뒤 태연은 휴대폰 번호를 바꾸고 종적을 감추었다. 배 속의 존재는 초희의 분노와 두려움을 먹고 나날이 자랐다. 초희는 팩소주를 노려보았다. 남자는 어서 마시라고 눈짓했다.

초희는 가능한 한 그것에 대해 깊이 생각하지 않으려고 애썼다. 빨대에 입을 대고 소주를 빨았다. 차갑고 쓰고 화끈거리는 소주가 목구멍을 타고 가슴까지 퍼져나갔다. 입에서 캬 소리가 저절로 나왔다. 남자 말이 맞았다. 역시 비오는 날엔 소주나 빨아야 했다. 그 순간 피식 웃음이 터졌다. 소주를 잔이 아니라 빨대로 마시면 사는 게 만만하고 유쾌해진다는 것을.

남자는 소주를 마시다 생각난 듯 투덜거렸다.

"아, 씨발 오늘 엄청 날렸다."

도박인지 주식인지 돈을 왕창 잃은 것 같았다. 남자는 불평하듯 말했다.

"잘나갈 땐 벤츠도 끌고 다녔는데."

초희는 남자는 나이가 어리나 많으나 으스대는 건 똑같다고 생각했다. 그녀는 남자를 보고 피식 웃고는 창밖을 보며 팩소주를 마셨다.

초희는 술기운이 오르자 가슴이 울렁거리고 답답해졌다.

"아, 짜증 나. 떠나고 싶다."

남자는 아무 말도 못 들었다는 듯 소주를 빨다가 정색하고 말했다.

"갈래?"

비에 젖은 터미널은 끔찍했다. 버스 매연과 비릿한 비냄새와 물에 젖어 익사체 같은 사람들이 우울한 얼굴로 대기실에 앉아 있었다. 남자는 긴장한 얼굴로 버스 운임표를 심각하게 노려보았다.

"어디로 가지?"

초희는 터미널의 어수선한 공기와 낯선 남자와 어딘가로 떠난다는 충동적인 행동 때문에 불안하고 신경이 곤두섰다. 초희가 아무 말이 없자 남자는 결심한 듯 매표소로 갔다.

"둔내 두 장이요."

추적추적 내리는 비와 남자의 목소리는 초희를 긴장과 흥분에 들뜨게 했다. 처음 가보는 곳에서 한 번도 해보지 않은 일을 저지르면 삶이 달라질 수 있을까. 가까이 다가온 남자가 표를 내밀었다. 초희는 낯선 행선지가 적힌 표를 보며 어깨를 으쓱였다.

날은 흐리고 어두컴컴했고 낡은 버스 안에선 젖은 짐승

냄새가 떠돌았다. 대여섯 명의 승객들은 모두 장례식장에 가는 듯 침울하고 어두운 얼굴이었다. 그들은 중간 자리 쯤 나란히 앉았다. 초희는 통로 옆자리에 유령 같은 여자가 앉아 있는 것을 보았다. 여자는 창백한 얼굴에 짐승 털로 만든 것 같은 코트를 입고 가방을 꼭 쥐고 있었다. 여자의 눈은 불안하게 주위를 경계했다. 버스는 낯선 이들을 태우고 어둠을 가르며 달려갔다.

\*

한낮이었지만 회색 구름이 잔뜩 깔려 있었다. 둔내 시외버스터미널에서 내린 승객은 세 명이었다. 검은 코트를 입은 유령 같은 여자와 초희와 남자였다. 검은 코트를 입은 여자는 긴장한 얼굴로 황급히 택시를 타고 떠났다. 초희는 택시가 멀어지는 것을 멍하니 바라보았다. 저 여자라면 감춰온 자신의 비밀을 털어놓을 수 있을 것 같았다. 그녀의 배, 복대로 감은 그곳에서 무언가 살아 움직이고 있다는 것을, 그것이 매일매일 자라날 때마다 두려움에 질식할 것 같은 불안을. 자신에게 남은 선택이 무엇이 있을지 모르겠다는 끔찍한 진실을 말하고 싶었다. 택시를 타고 떠나버린 여자는 어떤 이야기를 들어도 흔들리거나

195

놀라지 않을 것 같았다.

남자는 아까부터 초희의 어깨를 만졌다. 그는 버스 옆
자리에서 내내 치근덕거렸다. 그녀의 머리칼과 뺨을 만지
고 허벅지를 더듬었다. 초희는 남자가 하는 대로 내버려
두었다. 그녀에 대해 더 알게 되면 어떤 표정을 지을지 궁
금했다.

"뭐 좀 먹을래?"

남자가 초희를 데려간 곳은 감자탕집이었다. 초희는 감
자를 싫어했고 물에 빠진 감자는 더 싫어했지만 말없이
따라갔다. 가까이 붙어 있으면 남자의 머리칼과 몸에서 비
에 젖은 고양이 털 냄새가 났다. 남자는 소주와 함께 뼈다
귀에 붙어 있는 고기를 야무지게 발라 먹었다. 그러면서
대기업 부장이라는 안과 세무사 박과 카센터 사장 최를
욕했다. 모두 나쁜 새끼들이 운이 좋아 잘 먹고 잘 사는 게
속이 터진다고 열을 냈다. 자기도 주식만 말아먹지 않았으
면 이렇게 살지 않았을 거라고 한탄했다. 초희는 건성으로
대꾸하며 소주를 한 모금 마셨다.

"근데 왜 둔내로 왔어요?"

남자는 김치를 씹어 먹으며 대수롭지 않게 대꾸했다.

"그냥 서울에서 가깝잖아."

초희는 희미하게 웃었다. 남자는 이제까지 그래왔듯 시

시한 삶을 지난하게 살아가게 되리라는 것을 알았다.

밖으로 나오자 하늘은 회색빛이었다. 빗방울이 떨어졌다. 초희는 남자와 있는 것이 유쾌하지 않았고 우중충한 이곳을 벗어나고 싶었다. 남자는 어느 틈에 다가와 그녀의 팔짱을 꼈다. 남자는 불콰해진 얼굴로 턱짓으로 무언가를 가리켰다. 그곳엔 허름한 모텔이 쓰러질듯 버티고 있었다.

"저기 들렀다 갈래?"

초희는 그의 뻔뻔함에 분노가 치밀어 팔을 밀쳐냈다.

"미쳤어요?"

남자는 능글맞게 웃으며 그녀의 팔을 잡고 졸랐다.

"안 미쳤어. 너무 졸려서 그래."

초희가 노려보자 그는 억울하다는 듯 눈까지 찡그렸다.

"아무 짓도 안 하다니까. 딱 한 시간만 쉬었다 가자."

초희는 남자에게 팔을 잡힌 채 모텔로 끌려 들어갔다. 초희는 복대로 숨긴 배를 내려다보며 싸늘하게 웃었다. 그토록 알고 싶다면 그것을 까 보이리라 마음먹었다.

방 안에는 침대와 미니 냉장고와 협탁이 있었는데 하나같이 낡고 오래된 것들이었다. 초희는 이곳에 얼마나 많은 여자와 남자가 머물다 갔으며 그들의 삶은 얼마나 구차하고 우스울지 짐작해보았다. 이불에는 누런 얼룩이 눈에 띄었고 담뱃불에 탄 구멍도 보였다. 남자는 자기 집인 듯 거리낌 없이 외투를 벗어 던지고 침대에 드러누웠다. 초희는 눈살을 찌푸렸다.

남자는 시체처럼 천장을 바라보며 중얼거렸다.

"아, 좋다."

그는 눈을 감은 채 움직이지 않았다. 초희는 선 채로 커튼을 젖히고 창밖을 바라보았다. 시계는 오후 4시를 가리켰지만 밖은 한밤중처럼 어두컴컴했다. 하늘에선 석유처럼 끈적끈적한 검은 비가 쏟아질 것 같았다. 비둘기 서너 마리가 다급하게 날아갔다. 초희는 왜 낯선 도시의 모텔에 들어와 창밖을 보고 있는지 알 수가 없었다.

순간 잠들었다고 생각했던 남자가 초희 뒤로 가까이 다가왔다. 언제 옷을 벗었는지 그는 팬티 차림이었다. 회색빛의 사각 줄무늬 팬티가 너무 낡고 헐렁헐렁해서 우스꽝스러웠다. 벗은 남자의 몸은 배가 나오고 피부는 탄력을 잃어 늘어 보였다. 초희는 아파트 건설 현장에서 추락사한 아버지도 비슷한 팬티를 입었던 모습을 기억했다. 남자는 희극배우 같은 모습으로 초희의 귀와 목덜미에 키스를 퍼부었다. 그의 몸짓은 다급하고 서투르고 무례했다. 그럼에도 초희는 참고 견뎠다. 이제 곧 남자는 자신이 무슨 짓을 하고 있는지 깨닫게 될 것이다.

남자는 초희의 회색 맨투맨 티셔츠에 손을 넣고 가슴을 더듬다가 멈칫했다. 그는 티셔츠를 들어 올려 친친 감겨 있는 복대와 그것으로도 감추지 못한 불룩한 배를 보았다. 남자는 죽은 짐승이라도 만진 듯 인상을 쓰며 뒷걸음질 쳤다.

　"그거…… 뭐야?"

　초희는 웃음이 났다.

　"보면 몰라요? 임신했잖아요."

　남자는 진저리 치며 서둘러 옷을 입더니 초희를 쏘아보았다.

　"씨발, 임신해서 여길 따라와? 너 미쳤구나!"

　그렇게 큰 소리를 쳤지만 초희는 알고 있었다. 남자는 지금 두려움에 빠져 허우적대고 있다는 것을. 그녀와 배 속 존재와 스스로의 행동이 두려워 도망치듯 신발을 신고 모텔에서 달아나버렸다. 그녀는 다시 혼자가 되었다.

　초희가 아무것도 해주지 않아도 그것은 매일매일 자라났다. 두꺼운 패딩 점퍼로 가려도 눈치 빠른 아이들은 벌써 알아차렸을지 모른다. 아무리 복대로 친친 동여매도 배는 하루가 다르게 불러왔다. 두려워하고 방치하다가 수술 시기를 놓쳐버렸다. 이제 아이를 낳을 수밖에 없었다. 대체 어디서 어떻게 낳는단 말인가. 아니, 지금이라도 돈만 주면 수술해줄 비정한 의사를 찾아야 했다. 아니면 불임인 여자들에게 은밀히 아이를 팔아주는 브로커를 찾아야 할까.

그녀는 창밖으로 허둥지둥 달아나는 남자의 모습을 보았다. 남자는 터미널 방향으로 다급하게 뛰어갔다. 그는 아내와 어린 딸 곁으로 돌아가 오늘 일을 떠올리며 진저리 칠 것이다. 초희와 마주칠까 봐 단골 피시방에 발길을 끊을지도 몰랐다. 이제 정말 수천만 원을 날렸다는 주식을 그만두고 다른 직장을 알아볼 수도 있었다. 그는 지방 소도시 모텔방에서 복대에 감겨 있는 그것에게서 생의 공포를 절실히 목도했을 것이다. 초희는 온몸에 힘이 풀리며 졸음이 쏟아지는 것을 느꼈다. 그녀는 남루한 침대에 누워 모두에게 버려진 듯 참혹한 기분을 느끼다가 정신을 잃고 잠에 빠져들었다.

*

까마귀 수백 마리가 하늘을 검게 물들이며 날아갔다. 초희는 풀 한 포기 없는 황무지를 혼자 걸었다. 바람이 무섭게 불어와 다리가 휘청거렸다. 어디로 가야 하는지 몰랐지만 걸음을 멈추지 않았다. 한참을 걷다 보니 멀리 검은 망토를 쓴 누군가가 보였다. 옆에는 어둠보다 진한 검은 새끼 염소가 다리를 떨며 서 있었다. 바람에 망토가 벗겨지고 눈부신 금발이 물결처럼 흩날렸다. 초희는 걸음을 멈추고 그 광경을 홀린 듯 바라보았다. 새끼 염소가 맑은 눈동자로 초희를 바라보며 매애, 하고 짧게 울었다. 눈부신 금발이 뒤돌아보려는 찰나, 초희는 신음을 토하며 눈을 떴다.

누군가 침대에 누워 있는 초희의 어깨를 흔들었다.

"이봐, 나갈 시간이야."

모텔 주인아저씨가 묘한 눈빛으로 초희를 내려다보았다. 초희는 식은땀을 흘리며 침대에서 일어나 아무 말도 않고 도망치듯 뛰쳐나왔다. 수백 마리의 까마귀 떼, 검은 망토를 입은 눈부신 금발, 새끼 염소의 울음소리가 환청처럼 맴돌았다.

초희가 터미널로 돌아왔을 때는 이미 한밤중이었다. 그녀는 모텔방에서 세 시간 넘게 잠을 잔 것이다. 대합실에는 서너 명의 사람들이 초조하게 막차를 기다렸다. 꿈에서 본 검은 망토를 쓴 금발 머리는 대체 누굴까. 검은 새끼 염소의 맑은 눈동자도 다시 떠올랐다.

아빠의 기일에 자신은 낯선 도시의 터미널에서 무엇을 기다리고 있는 걸까. 표를 사지도 않은 채 막막한 기분으로 멍하니 있는데 초희 앞으로 한 여자가 지나갔다. 여자에게서 뜨겁고 불길한 기운이 훅 끼쳐왔다. 초희는 검은 코트를 입은 여자가 가죽 가방을 들고 화장실로 급히 뛰어가는 것을 보았다. 혹시 저 여자가 꿈에서 본 검은 망토 여자인가.

초희는 여자를 따라 화장실로 들어갔다. 지린내로 가득한 화장실은 낡은 형광등 불빛 때문에 푸르스름했다. 화장실 문이 열리고 검은 코트 여자가 급히 나왔다. 여자의 머리칼은 헝클어진 채 이마는 땀에 젖어 있었다. 초희는 여자가 나온 칸으로 들어가 바닥에 떨어진 하얀 손수건을 발견했다. 초희는 손수건 안에 말랑말랑한 무언가가 싸여 있는 것을 알았다.

초희는 조심스럽게 손수건을 펼쳤다. 피에 묻은 작은 덩어리를 보고 얼굴을 찡그렸다. 무엇인지 알 수 없었지만 여자에겐 중요한 것일지도 모른다. 초희는 아직 세면대 앞에 서 있는 여자를 불러 세웠다. 손수건을 본 여자의 눈빛이 심하게 출렁거렸다. 여자와 조금 더 이야기를 나누고 싶었지만 여자는 초희에게 돈을 주고 손수건만 낚아채더니 달아나듯 나가버렸다.

여자를 뒤따라가는데 시커먼 누군가가 앞을 가로막았다. 초희는 놀라 짧은 비명을 질렀다. 모텔에서 혼자 도망친 남자였다. 떠난 줄 알았는데 남자는 술을 더 마셨는지 붉게 충혈된 눈이 완전히 풀려 있었다.

"씨발, 혼자 두고 갈 수가 있어야지."

남자는 초희의 배를 보지 않으려고 애썼다. 문득 꿈에서 본 새끼 염소의 가녀린 울음소리가 들리는 것 같았다. 아, 검은 코트 여자의 눈이 염소의 눈망울과 닮았다는 게 떠올랐다. 저 여자를 따라가면 무언가 달라질 수 있을지 모른다는 희망이 솟아났다. 여자를 쫓아가야 하는데 남자가 손목을 악착같이 붙들고 놔주지 않았다. 그녀는 팔을 비틀며 소리쳤다.

"제발 놔요!"

남자는 우는 것 같은 목소리로 중얼거렸다.

"싫은데."

사람들이 다 떠난 대합실은 텅 빈 수술실처럼 스산했다. 서울로 가는 마지막 버스가 서서히 출발했다. 초희는 다급하게 손을 뿌리치다 버스 차창 안의 여자와 눈이 마주쳤다. 여자는 두려움이 깃든 검은 염소 같은 눈으로 초희를 보았다. 초희는 어떤 예감에 가슴이 떨려왔다.

아줌마, 우린 다시 만날 거야.

버스는 결국 떠났고 초희와 남자는 텅 빈 터미널에 남았다. 갑자기 남자는 그녀의 손을 놓더니 아무것도 기억하지 못하는 사람처럼 멍한 눈빛으로 서 있었다. 남자는 비틀거리며 주황색 의자에 주저앉았다. 그리고 고개가 부러진 듯 곯아떨어졌다.

초희는 택시를 타고 서울로 올라가야 할지 대합실에서 밤을 새워야 할지 막막했다. 그러나 그녀는 두렵지 않았다. 곯아떨어졌지만 혼자가 아니라 남자가 옆에 있기 때문인지도 모른다. 아랫배가 딱딱하게 뭉쳐오는 것을 느꼈다. 그녀는 대합실 의자에 무거운 몸을 기대앉았다. 초희는 한순간 늙어버린 노파가 된 것 같았다. 그녀는 깜깜하고 이해할 수 없는 밤이 지나가기만을 기다렸다.

*

한파가 불어닥친 날, 초희는 약속대로 니콜이라는 여자의 오피스텔로 향했다. 밖은 끔찍하게 춥고 배가 고팠고 그날따라 기분은 최악이었다. 배 속 그것이 얼마 전부터 발길질을 하며 놀았기 때문이다. 초희는 죄책감에 시달려 그것의 존재를 모른 척했다. 그것은 곧 사라질 것이며 아무 감정도 느끼지 말아야 했다. 애초부터 그녀의 자궁에 뿌리내리지 말았어야 했다. 더 나이가 많고 능력 있는 여자의 몸을 택했어야 했다. 그럼에도 그것이 움직일 때마다 한 번도 느껴보지 못한 따뜻한 잔물결이 퍼져나갔다. 혼자였지만 혼자가 아닌 벅찬 기분이었다.

오피스텔에 들어선 순간, 불쾌한 향 냄새가 온몸을 휘감자 가슴이 짓눌린 듯 답답했다. 초희는 덫에 걸린 기분이었고 도망치고 싶었다. 그러나 도망치지 않았다. 여자가 간절하고 초조한 눈빛으로 손을 잡고 있었기 때문이다. 식탁 위에는 샴페인과 여러 가지 음식이 차려져 있었고 촛불이 환하게 밝혀져 있었다. 초록색 드레스를 입은 니콜은 눈부신 금발과 빨려들어갈 것 같은 초록빛 눈동자를 지녔다. 니콜은 그들을 환대했지만 초희는 그녀가 마음에 들지 않았다. 니콜과 눈이 마주칠 때마다 배가 단단하게 뭉쳐왔고 그것은 자궁 속에서 웅크린 채 움직이지 않았다.

초희는 긴장감과 배고픔 때문에 음식을 많이 먹었다. 레모네이드를 너무 마셔 화장실에 가고 싶었다. 자꾸 하품이 나왔고 몸에서 영혼이 분리되는 듯한 이상한 느낌에 빠져들었다. 니콜과 여자의 목소리가 자주 끊어져 들렸다. 고개가 앞으로 꼬꾸라졌지만 제대로 가눌 수가 없었다. 구름 위에 둥둥 떠 있는 것 같은 행복감에 젖어 들었다. 순간 여자는 걱정스러운 눈길로 바라봤고 니콜의 웃는 얼굴은 흔들리는 듯했다. 초희는 정신을 잃었다.

시간이 얼마나 흘렀을까. 초희는 한기를 느끼며 눈을

번쩍 떴다. 벌거벗은 것처럼 살갗에 소름이 돋았다. 몸이 땅속으로 꺼지는 기분 나쁜 느낌이 엄습했다. 초희는 몸서리를 치며 간신히 몸을 일으켰다. 그러자 무언가에서 빠져나온 듯 상쾌하고 홀가분해졌다. 이제까지 느껴보지 못한 낯선 기분이었다. 그 순간 이상한 느낌이 들어 뒤를 돌아보았다. 그녀의 동공이 커졌다. 그곳에 자신이 깊은 잠에 빠진 듯 눈을 감은 채 누워 있었다.

초희는 하얀 원피스를 입고 머리에 백장미 화관을 쓰고 있었다. 얼굴빛은 지나치게 창백했다. 그녀를 둘러싼 수십 개의 촛불이 위태롭게 흔들렸다. 잠든 그녀는 아무것도 모른 채 두 손을 모으고 있었다. 설마 내가 죽은 건가. 초희는 레모네이드를 마신 뒤로 아무것도 떠오르지 않았다.

뒤늦게 자기 발아래 무릎을 꿇고 있는 여자를 발견했다. 여자는 기도라도 하듯 두 손을 모은 채 눈을 감았다. 그 옆에 검은 드레스를 입은 니콜이 두 손을 허공에 뻗은 채 알아들을 수 없는 말을 중얼거렸다. 그것은 노래나 긴 시 같기도 했다. 니콜 앞의 푸른빛 병 속에는 핏빛 액체가 출렁거렸다. 테이블만 한 엄청난 크기의 낡은 책도 펼쳐져 있었다. 동물 가죽으로 만든 덮개와 종이 대신 헝겊으로 된 책이었다. 책에는 기호처럼 알 수 없는 언어가 잔뜩 있고 그림도 눈에 띄었다. 책 속에서 십자가에 매달린 채 불에 활활 타고 있는 여자와 난교 파티를 벌이는 해골과 머리에 뿔이 나고 엉덩이에 꼬리가 난 삼지창을 든 악마를 보았다.

이들은 나를 가지고 무슨 짓을 벌이는 걸까. 저 해독할 수 없는 책은 무엇인가. 검은 드레스를 입은 니콜의 언어는 누구를 향한 외침인가. 여자는 왜 눈물을 흘리는가. 나는 죽어서 영혼이 된 건가. 초희는 이해할 수 없는 일들이 왜 자신에게 벌어지는지 알 수 없었다. 뒤늦게 꿈에서 본 검은 망토의 금발 여자와 검은 염소가 떠올랐다. 꿈에서 본 검은 망토를 쓴 금발이 니콜인가. 니콜은 핏빛 액체를 손에 묻힌 뒤, 누워 있는 초희의 이마와 양쪽 손목에 십자가를 닮은 기호를 그리는 중이었다. 초희는 목이 막혀오는 것을 느꼈다. 니콜은 다시 손에 핏빛 액체를 묻혀 그녀의 볼록하게 나온 배에 끔찍한 기호를 그렸다.

초희는 그들이 무슨 짓을 벌이는지 깨달았다. 배 속 존재는 위험을 느꼈는지 움직이지 않았다. 니콜의 초록빛 눈은 파괴된 보석처럼 무서운 광채를 내뿜었다. 니콜은 바닥에 놓인 붉은빛 루비가 박힌 칼자루를 쥐었다. 니콜의 입에서 알 수 없는 주문이 흘러나왔다. 그 이해할 수 없는 언어가 이해할 수 없는 세계의 문을 여는 듯했다. 니콜이 칼자루에서 칼을 뽑아 들었다. 창밖에서 벼락이 내리치는 소리가 들렸다. 검은 칼날은 음산한 기운과 음기로 번뜩였다.

초희는 사력을 다해 비명을 질렀다. 정신을 차리고 이 끔찍한 처형장에서 도망쳐야 했다. 하지만 아무리 비명을 질러도 그녀의 입에서는 소리가 나오지 않았다.

누가 제발 도와줘요! 나를 이 악몽에서 꺼내줘요!

5장

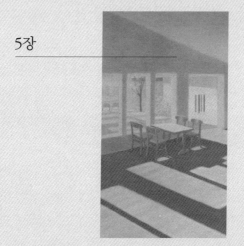

◆

젤리 온 어 플레이트(jelly on a plate)

젤리 온 어 플레이트(jelly on a plate)

위블 워블 위블 워블(wibble wobble wibble wobble)

젤리 온 어 플레이트(jelly on a plate)


모든 걸 다 털어놓았으니 이제 그날 이야기를 해야겠네
요. 내가 킹스턴호텔 901호의 벨을 누른 날이요. 오렌지빛
머리칼에 붉은 가운을 입은 나른한 눈빛의 여자가 문을
열었어요. 세상이 흔들리는 것 같았죠. 그 순간 노랫소리
가 들려왔어요. 다섯 살의 사랑스러운 샬럿의 목소리였죠.
여자는 비켜섰고 나는 무언가를 찾듯 호텔방 안으로 들어

갔어요. 어디에도 스피커나 시디플레이어가 보이지 않았는데 노래는 방 전체에 울려 퍼졌어요. 마치 내 삶을 조롱하듯, 나를 한껏 비웃듯, 내 딸은 노래를 불렀죠. 그곳에서 나를 기다리는 건 침대에 상의를 벗은 채 깊이 잠들어 있는 남편이었어요.

접시 위에 젤리. 접시 위에 젤리. 흔들흔들 흔들흔들. 접시 위에 젤리. 그건 샬럿이 가장 좋아하는 동요였죠. 귀를 틀어막았지만 소용없었어요. 그 노래는 가슴속에서 울려 퍼지며 심장을 갈기갈기 찢어놓았어요. 남편은 노래가 들리지 않는지 깨어나지 않았어요. 여자는 화장대에 기대서서 담배를 피우며 희미하게 나를 비웃었어요. 남편의 잠든 모습은 끔찍하게도 평화로웠어요. 그 순간 그들의 삶이 진짜고 나는 그들 삶에 잘못 끼어든 유령이 된 기분이었죠. 소리를 질러 남편을 깨우면 나는 모래알처럼 부서지리라는 것을 알았어요. 나는 소리 없이 뒷걸음질 쳐 호텔방을 빠져나왔어요. 에마의 웃음소리가 등 뒤에서 들려왔어요.

죄를 저지른 건 그들인데 내가 왜 지옥에 떨어지는 고통을 느껴야 하나요? 그때 샬럿의 노랫소리가 귓가에 들려왔어요. 그 순간 깨달았죠. 고통에서 벗어날 수 있는 유일한 구원을, 내가 아닌 남편을 지옥에 빠뜨리는 길을. 그때 샬럿의 아름다운 동공이 한순간 반짝거리다 암흑 속으로 꺼져가는 모습이 보였어요. 왜였을까요? 그날의 비극이 벌어지고 나서야 모든 것을 깨달았어요.

나는 딸을 희생시켜 구원받았어요. 그게 나예요. 그래서 나는 마녀가 된 거예요.

깜깜한 어둠 속 무대, 하얀 접시 위에 초록색 젤리가 등장하죠. 멜론이나 키위로 만든 초록색 젤리가 흔들흔들 춤을 춰요. 다섯 살 샬럿은 화면에서 눈을 떼지 못하죠. 목이 쉰 소년의 목소리가 그 애를 사로잡은 걸까요? 아니면 흔들흔들 춤추는 투명한 젤리 속에서 무엇을 본 걸까요?

그 아이는 3년 후 자신에게 일어날 끔찍한 미래를 보았는지도 몰라요. 그 아이는 그 노래를 보고 또 보고 수백 번을 봤어요. 나는 정말 지긋지긋해져 젤리만 보면 토할 지경이었어요. 어느 날부터 그 노래가 샬럿의 입에서 흘러나왔어요. 고장 난 녹음기처럼 종일 같은 노래를 흥얼거렸어요.

불면증과 편두통이 심해 약을 먹기 시작한 것도 그즈음이었어요. 남편과 사이가 틀어진 것도 그 무렵이었죠. 내 가족과 삶이 어둠에 휩싸이고 뒤틀리기 시작한 것도 모두 그 노래 때문이에요. 흔들흔들 춤추는 초록색 젤리는 우리 가족의 고귀한 삶이란 모두 허상이며 언젠가 무너지고 파탄 날 거라는 걸 알고 있었어요. 삶의 참혹한 비밀은 투명한 젤리 속에 감춰져 있었죠. 모든 소중한 것들은 너무 쉽게 으스러지고 뭉개져버린다는 것을 당신은 아나요?

삶은 때로 부서지기 쉬운 젤리와 같다는 걸. 젤리가 으깨지고 나면 깨닫게 되겠죠. 삶 속의 진짜 당신 모습을.

남편과 나는 샬럿이 태어나면서부터 각자 다른 방에서 잠을 잤어요. 새벽에도 호출을 받고 응급수술을 하러 가야 했기 때문이에요. 예민한 내가 한번 깨면 다시 잠들지 못했기 때문이기도 했고요. 그렇게 우린 타인처럼 다른 방 다른 침대에서 잠들었죠. 남편이 없는 날, 나는 어김없이 잠에서 깨 거실을 서성거렸어요. 몇 시간씩 서성이다 보면 내가 유령이 되어가고 있다는 걸 느꼈어요. 머릿속에선 그는 지금 병원이 아닌 다른 곳에 있을지도 모른다는 의심이 솟아났어요. 그의 목소리를 들으면 안심이 될 것 같았는데 전화를 걸 수도 없었어요. 정말 응급수술 중일지도 몰랐으니까요.

잠이 오지 않는 긴 밤마다 혼자 와인을 마시고 취해갔어요. 그러면 슬픔과 쓸쓸함이 온몸에 젖어 들었어요. 나는 그렇게 외로움과 와인에 중독되어갔어요. 술에 취해 샬럿의 방에 들어가본 날도 있어요. 잠든 샬럿은 천사처럼 아름다웠죠. 아직 어리지만 이 아이도 결국 다 커버리면 내 품을 떠나리라는 생각에 더 쓸쓸해졌죠. 내 삶에 남은 건 아무것도 없으며 빈껍데기로 늙어갈 수밖에 없다는 진실이 날카로운 톱날처럼 심장을 후벼 팠어요. 나는 여기에 있는데, 어디에도 없는 것 같은 공허함이 더 나를 어둠 속으로 밀어 넣었죠.

그래도 남편의 삶은 안정되고 괜찮을 거라고 생각했어요. 냉철하고 저명한 산부인과 의사였으니까요. 그러나 그이도 나약한 인간에 불과하다는 걸 깨닫게 되었죠. 떠올리기도 싫은 부끄러운 그 일 때문에.

남편은 집에 돌아와도 서재에서 주로 시간을 보냈어요. 어느 날, 홍차와 파이를 들고 서재 문을 열었는데 컴퓨터 앞에 상기된 얼굴로 앉아 있는 그이를 보았어요. 그이는 내가 들어온 줄도 모르더군요. 컴퓨터에선 귀에 거슬리는 신음 소리가 흘러나왔어요. 쟁반을 든 채 그이 뒤로 다가갔어요. 화면에 짐승처럼 얽혀 뒹구는 벌거벗은 남녀가 있었어요. 남자 하나에 여자 둘이었죠. 나도 모르게 짧은 비명을 질렀어요. 그이는 나를 보고 뒤늦게 놀라 억눌린 듯한 소리를 질렀어요.

순간 손에 힘이 빠져 홍차와 파이를 떨어뜨렸어요. 뜨거운 홍차는 카펫에 쏟아지고 컵은 조각나고 파이는 뭉개졌죠. 나는 남편의 바지를 내려다보았어요.

남편의 충혈된 눈은 경멸과 수치심으로 얼룩졌어요. 나는 시선을 피했어요. 화면에서는 여전히 셋이 뒤엉켜 헐떡이고 있었죠. 그이는 신경질적으로 컴퓨터 전원을 꺼버렸어요. 그리고 칼날 같은 목소리로 말했어요.

"다 봤으면 나가!"

팔뚝에 소름이 돋았어요. 남편은 나를 혐오하고 있었어요. 내가 무슨 잘못을 했는지 혼란스러웠죠. 남편과 나 사이에는 차갑고 깊은 강물이 흘렀어요.

나는 그이가 멀어지는 것이 두려웠어요. 그래서 나오는 대로 지껄였어요.

"이해해요. 남자들은 다들 그러니까."

내가 무슨 말을 하고 있는지도 몰랐어요. 몸에 손을 대려고 하자 그는 불에 덴 듯 소리를 질렀어요.

"이해해? 내가 뭘 잃어버렸는지 당신이 이해한다고?"

남편의 활활 타오르는 분노에 놀라 뒷걸음질 쳐 방을 나왔어요. 가슴이 무섭게 뛰었고 나는 두려웠어요. 남편의 분노가 나를 향한 것인지 자신을 향한 것인지 혼란스러웠어요. 벌레 보듯 바라보던 그이의 눈빛이 가슴에 아프게 박혔죠. 그 뒤로 그이는 두 번 다시 나를 안지 않았어요. 내가 있어도 없는 듯 유령 취급하더군요. 그이는 내가 모르는 낯설고 두려운 존재 같았어요.

　나는 남편을 잃을지도 모른다는 고통에 시달렸어요. 그이의 몸에는 날카로운 가시가 돋아나 다가갈 수 없었어요. 유일하게 그가 미소 짓는 존재는 딸 샬럿뿐이었어요. 중년의 남자들은 부서지기 쉬운 나약하고 낯선 존재인지도 몰라요. 고독하고 불안한 그들은 웅크리고 있다가 한순간 달려들어 상대를 할퀴고 물어뜯어요. 나는 남편의 깊은 내면을 영원히 이해하지 못할 거예요. 슬프게도 그이도 나를 이해하지 못할 거예요. 그게 바로 그와 나의 비극이에요.

　그날의 사건이 나와 남편의 삶을 흔들어놓을 만큼 대단한 것이었나요? 그이와 나의 관계가 모래성만큼이나 허망하게 부서졌다는 사실에 충격을 받았어요. 시간을 되돌린다면 그날로 돌아가 두 번 다시 서재에 노크 없이 들어가지는 않을 거예요. 나는 그날의 기억을 지우고 싶었어요. 기억이란 곪은 상처처럼 도려낼 수 있는 성질의 것이 아니죠. 그 기억을 거즈로 덮을 만한 다른 기억이 필요했어요. 나처럼요.


　내 기억 속 그날의 태양은 특별했어요. 세인즈버리에서 장을 보고 돌아오는 길이었죠. 그날 차창에 물든 강렬한 붉은 해를 잊을 수가 없어요. 타오르는 태양을 향해 달려가는 듯한 두렵고 짜릿한 기분에 휩싸였어요. 라디오에서는 필립 그라스의 〈Dead Things〉가 흘러나왔어요. 태양의 찬란한 빛을 온몸으로 받으며 신으로부터 위로받는 것 같았어요. 아름다운 피아노 선율이 이끄는 대로 낯선 시간 속으로 빠져들 무렵 나는 집에 도착했어요.

식료품이 가득 담긴 종이봉투를 가슴에 안고 집에 들어섰어요. 그이는 병원에, 샬럿은 학교에 가서 집 안엔 정적이 감돌았어요. 평소와 달리 묘한 정적에 이상한 기분을 느꼈죠. 그때 어디선가 낯선 향기가 났어요. 나는 쇼핑 봉투를 식탁 위에 소리 나게 내려놓았어요. 오렌지, 치즈, 베이컨, 닭가슴살이 식탁 위로 나뒹굴었어요. 나도 모르게 한숨이 터져 나왔죠. 쇼핑하고 먹고 싸고, 또 쇼핑하고 먹고 싸고. 정말 인간의 삶이란 지긋지긋하다고 생각했어요. 나는 지겨운 쇼핑과 요리에 편두통이 몰려왔어요. 심호흡을 하고 냉장고를 열어 스파클링워터를 따라 마셨어요. 그러자 아까 맡은 낯선 향기가 다시 풍겨오더군요. 나는 유혹에 이끌리듯 야릇한 향기를 좇아 거실로 나왔어요.

그때 그 노래를 들었어요. 샬럿의 목소리였죠. 접시 위에 젤리. 접시 위에 젤리. 흔들흔들 흔들흔들. 접시 위에 젤리. 직감적으로 2층으로 올라가는 계단을 쏘아보았어요. 남편과 관계가 틀어진 뒤 2층에는 거의 올라가지 않았어요. 2층엔 서재와 샬럿의 방이 있었죠. 나는 2층으로 한 계단씩 올라갔어요. 가슴이 떨리고 두근거렸어요. 샬럿이 학교에서 올 시간도 아닌데 누가 장난을 치고 있는 걸까 의심에 휩싸였죠. 서재에서는 아무 소리도 나지 않았어요. 나는 무기가 될 만한 것도 손에 들지 않고 조심스럽게 샬럿의 방으로 다가갔어요. 방문 앞에 서자 노랫소리와 묘한 향취는 더 짙어진 느낌이었죠. 순간 방문을 열지 않고 그대로 내려가는 게 좋을지도 모른다는 생각이 스쳤어요.

그러나 두려움보다 샬럿의 방에서 일어나는 일을 보고 싶은 욕망을 이겨내지 못했어요. 사람들은 내 어리석음을 비웃겠죠. 결국 내 삶은 한낱 욕망 때문에 무너질지도 몰라요. 딸각, 경쾌한 마찰음이 울리며 문이 열렸죠.

안개 속 풍경처럼 뿌연 방이 실체를 드러냈어요. 나는 안개 속으로 겁도 없이 들어갔어요. 순간 걸음을 멈추었죠. 샬럿 침대에 기대앉은 금발의 남자아이를 봤어요. 샬럿은 어디에도 없었어요. 열아홉 살쯤 된 남자아이는 상의를 벗은 채 낡고 찢어진 청바지만 입고 있었어요. 처음 보는 아이였죠. 그 아이는 종이 위의 하얀 가루를 흡입하고 고개를 젖히며 영혼을 토해내듯 신음을 뱉었어요. 벗은 가슴은 너무 말라 앙상한 갈비뼈가 드러날 정도였죠.

그 아이는 담배를 물더니 창백한 얼굴로 연기를 내뿜으며 웃었어요. 가슴을 할퀴는 듯한 웃음이었어요. 그 애가 흡입한 하얀 가루가 마약이라는 걸 알았어요.

겁도 없이 남의 집에 침입해 내 딸 방에서 마약이라니. 발칙함에 기가 막혀 헛웃음이 나왔어요. 남자아이는 그제야 나를 돌아보았어요. 나를 보고 있지만 내 너머의 다른 것에 빠져 있는 형형한 눈빛. 초점 없이 풀린 푸른 눈동자를 멍하니 바라보았어요. 나는 숨을 쉬지 못했어요. 그건 삶의 비의와 의혹을 감춘 아름다운 암호 같았어요. 그걸 바라보는데 밀려오는 슬픔과 지독한 고통이 느껴졌어요. 그것이 남자아이가 짊어진 고통인지 내 삶의 고통인지 알 수 없었지만 가슴이 짓눌린 듯 통증을 느꼈어요.

나는 웃음을 잃지 않으려고 애쓰며 말했어요.

"넌 누구니?"

창백한 얼굴의 남자애는 약에 취해 피식피식 웃더군요.

"난…… 천사예요, 니콜."

나는 얼어붙었어요. 처음 보는 남자아이가 어떻게 내 이름을 아는지 두렵고 당황스러웠어요. 그 아이는 정말 하늘에서 쫓겨난 천사일지도 모른다는 엉뚱한 생각이 들었죠. 하얗고 가녀린 가슴팍은 어린 새처럼 팔딱거렸죠. 하늘에서 쫓겨날 때 날개도 잘려 나간 걸까요. 그런데 왜 하필 우리 집, 샬럿 방으로 추락한 건지 혼란스럽고 어지럽고 남자아이가 안쓰러웠어요.

나는 정말 천사인지 불량한 아이인지 모를 그 아이에게 다가갔어요. 그 아이는 간절한 눈빛으로 나를 바라봤어요.

"니콜, 나랑 같이 천국에 갈래?"

그 아이는 누런 종이에 쌓인 하얀 가루를 내밀었어요. 나는 무언가에 홀린 듯 그것을 내민 남자아이의 하얀 손가락을 바라보았어요. 남편과의 나빠진 관계에서 온 상실감과 반발심 때문이었을까요. 아니면 구원을 바라는 그 아이의 푸른 눈동자에 빠져들었기 때문일까요.

그 순간 내가 원한 건 하나였어요. 내 앞에 날개 꺾인 천사가 바라보는 풍경을 함께 보고 싶은 욕망뿐이었어요. 나는 그토록 나약하고 외로웠는지도 몰라요. 떨리는 손으로 남자아이가 내민 종이를 받아 들어 코로 깊숙이 빨아들였어요. 속이 울렁거리며 세계가 핑 도는 현기증이 느껴졌고 정전이 된 듯 주위가 깜깜해졌어요.

"어지러워."

그 뒤로 내가 무슨 말을 했는지 모르겠어요. 다음 순간 눈앞에 펼쳐진 건 전혀 다른 풍경이었으니까요.

그건 싱그러운 초록빛 들판이었어요. 거긴 정말 천국이었을까요? 주변에서 깔깔거리는 비눗방울 같은 웃음소리가 터져 나왔어요. 어디선가 나타난 벌거벗은 남자아이 서너 명이 어린 사슴처럼 뛰고 있었어요. 모두 금발이었고 빼빼 마른 십대 소년들이었어요. 그 아이들은 낄낄거리며 들판을 뛰어다녔죠. 이상하고 흉측할지 모를 광경이었지만 나는 그 풍경에 압도되었어요. 어쩌면 내가 늘 꿈꾸던 천국의 모습이었을지도 모르겠어요. 초록빛 풀들, 향기로운 바람, 벌거벗은 미소년들 그리고 무한한 자유로움. 나는 그것에 매혹되었어요. 그 아이들 속에 섞여 어린 여자아이가 달리는 것을 보았어요. 아, 나의 딸 샬럿이었어요. 샬럿이 남자아이들을 따라 어디로 가는지 알 수 없었지만 쫓아 달리기 시작했어요.

나는 봐서는 안 되는 천상의 아이들을 쫓아간 걸까요. 벌거벗은 아이들은 들판 끝까지 달려갔어요. 들판의 끝은 낭떠러지였어요. 아이들은 멈출 줄 모르는 짐승처럼 끝을 향해 달려갔어요.

그만 멈춰. 거긴 더 이상 아무것도 없는 끝이야!

나는 외쳤지만 아무 소리도 나오지 않았어요. 비명을 지르고 싶었지만 바람 소리만 나올 뿐이었죠. 가장 먼저 달려간 아이가 낭떠러지 아래로 몸을 던졌어요. 그 순간 놀라운 일이 펼쳐졌어요. 아이는 추락하는 것 같더니 한 마리 하얀 새로 변해 검푸른 하늘을 날아올랐어요. 정말 무서운 광경이었어요. 천상에 사는 전설의 새일까요. 커다란 은빛 날개에 오묘한 푸른 눈동자가 빛나고 꼬리가 길게 늘어진 신비로운 새였어요. 아이들은 하나씩 끝을 향해 몸을 던졌고 차례차례 눈부신 새로 변해 하늘로 날아올랐어요. 나는 그 풍경을 넋을 잃고 바라보았죠. 마지막으로 샬럿이 나를 돌아보았어요. 샬럿이 왜 천상의 아이들과 뛰어노는지 알지 못한 채, 끝을 향해 달려가는 샬럿을 말릴 겨를도 없이, 그 아이는 벼랑 끝으로 몸을 던졌어요. 나는 숨을 멈추고 그 아이가 날아오르기를 기다렸죠.

그러나 나를 비웃듯 샬럿은 낭떠러지로 떨어지고 있었어요. 안 돼! 뒤늦게 소리쳤지만 그 아이는 바다를 향해 추락하더니 풍덩, 하는 무서운 굉음과 함께 자취도 없이 사라졌어요. 나는 혼자 남은 낭떠러지 끝에서 아래를 내려다보며 두려움에 질려 눈물을 흘렸어요. 까마득히 깊은 바다 한가운데가 핏빛으로 변해가는 것을 멍하니 바라보았어요. 나는 그 아이를 따라 바다에 몸을 던지지도 울부짖지도 않았어요.

약에 취해 내가 본 천국의 풍경이었어요.

나는 샬럿의 죽음을 미리 보았던 거예요.

천국에서 딸의 죽음을 보다니, 그래서 내가 마녀가 된 거예요.

그 아이는 여덟 살 생일이 지난 사흘 후 방에서 불이 활활 타올라 죽어갔어요.

나는 창밖에서 죽어가는 그 아이를 그저 바라보았어요.

◆◆

그 남자가 나타나기 전까지 모든 것은 완벽해 보였다.

순백의 원피스를 입고 촛불에 둘러싸여 잠든 초희는 태주의 아이를 위해 기꺼이 희생될 제물처럼 보였다. 동물의 가죽으로 만든 두꺼운 책에는 아이를 살릴 마법의 주문이 가득했다. 검은 망토 같은 드레스를 입은 니콜은 어느 때보다 영험하고 매혹적이었다. 초록 눈동자는 신비로운 기운으로 가득 찼고 입에서는 비밀스러운 언어가 끝도 없이 흘러나왔다. 태주는 어떤 일이 일어나도 감당할 수 있을 것 같았다.

니콜은 핏빛 묘약을 손에 따른 후 초희의 이마로 향했다. 그리고 이마에 알 수 없는 기호를 그렸다. 핏빛 묘약에는 여섯 번째 손가락이 녹아 있었다. 하얀 손가락이 회오리를 돌며 녹아드는 환영이 보이는 듯했다.

"이 묘약이 소녀의 몸을 마비시켜 당신의 꿈이 이루어

지도록 도와줄 거예요."

태주는 속이 울렁거렸지만 태연한 척 애를 썼다. 마녀는 초희의 손목에도 똑같은 기호를 그렸다.

"이제 두 아이의 운명이 뒤바뀔 순간이 다가왔군요."

태주는 이마에 식은땀이 흘렀다. 자기에게 벌어질 끔찍한 일도 모른 채 잠든 초희는 창백하고 안쓰러워 보였다.

마녀는 초희의 불룩하게 솟은 배 위에도 핏빛 묘약으로 십자가 형태의 기호를 그렸다. 그리고 옆에 둔 루비가 박힌 칼을 집어 들었다. 마녀는 칼자루에서 칼을 뽑아 들더니 무서운 눈빛으로 태주를 쏘아보았다.

"이 운명의 칼로 배 속 태아를 죽여. 그래야 죽은 네 아이가 살아 돌아와."

태주는 두려움에 숨이 막혔다. 배 속 태아를 죽이라고? 거대한 피 물결이 눈앞에 출렁이는 듯했다. 피 물결 어디에도 그녀의 아이는 보이지 않았다. 그때 희미하게 작은 북을 두드리는 소리가 들렸다. 태주는 두리번거렸다. 초희의 불룩한 배 위에 빛줄기 하나가 비치는 광경을 보았다. 태주는 북소리가 살아 있는 아이의 심장 뛰는 소리라는 것을 알았다. 배 속의 태아는 긴 어둠 속에서도 살아남았다. 살아 있다. 살아 있다. 태주는 가슴이 뜨거워지는 것을 느꼈다.

그 순간 암흑이었던 머릿속에 빛이 밝혀진 것 같았다. 그녀가 빛이 되어 초희 배 속의 태아를 구원해주고 싶었다. 그녀의 죽은 아이는 살아 돌아오지 못할 것이다. 가슴이 타는 것처럼 뜨거워졌지만 머리는 차가워졌다. 신비로움으로 가득했던 마녀의 눈동자에는 아무것도 보이지 않았다. 모든 꿈은 마녀의 초록빛 눈동자가 만들어낸 망상이었다. 태주는 참았던 숨을 한꺼번에 토해냈다.

그녀는 마녀를 노려보며 떨리는 목소리로 말했다.

"여기서…… 그만둬요."

니콜의 얼굴이 갑자기 싸늘해졌다. 그러더니 히스테릭하게 웃어댔다.

"이제 와서 다 망치겠다고?"

태주는 초희를 깨워 이곳에서 빠져나가야 한다는 생각뿐이었다.

"배 속 태아를 죽이지 말아요!"

마녀는 화를 내고 있었지만 당황한 기색이 역력했다.

"왜지? 왜, 못 하겠어?"

태주의 뺨 위로 뜨거운 눈물이 흘러내렸다.

"제 아이 대신 저 태아를 살려주세요."

마녀의 표정이 순간 얼어붙으며 굳어졌다.

"네 아이 대신, 다른 아이를 살리겠다고? 왜지?"

태주는 마녀를 보며 말했다.

"지금, 살아 있으니까요."

마녀는 태주를 쏘아보더니 들고 있는 칼날을 보며 웃었다.

"나약해빠진 인간이라니. 할 수 없지. 내가 죽이는 수밖에."

태주는 울부짖듯 외쳤다.

"안 돼요! 제발 아이를 해치지 말아요!"

마녀는 초희의 순백 원피스 위로 불룩 나온 배를 보며 중얼거렸다.

"그게 그 아이의 운명이야. 더러운 피는 어미 배 속에서 죗값을 치뤄야지."

말이 끝나기 무섭게 마녀는 칼을 치켜들고 초희의 배를 향해 내리꽂으려 했지만 그보다 태주가 빨랐다. 태주는 칼을 쥔 마녀의 손을 붙들었다. 마녀는 손을 뿌리치려고 칼을 거칠게 휘둘렀고 태주의 목덜미에 칼날이 스쳤다. 태주는 비명을 질렀다. 놀란 마녀는 손을 부들부들 떨며 칼을 떨어뜨렸다. 순식간에 벌어진 일이었다. 그 소란 때문인지 정신을 잃고 누워 있던 초희가 놀란 얼굴로 깨어났다.

뜨거운 열기 속에서 시간이 멈춘 듯 모두들 움직이지 않왔다.

그때 어두운 통로 끝에서 그들을 향해 다가오는 소리가 들렸다. 트렌치코트에 은빛 머리칼과 잿빛 눈동자를 지닌 남자가 굳은 얼굴로 서 있었다. 남자의 모습은 긴 여행을 하고 있는 자의 고단함으로 얼룩져 있었다. 어떻게 마녀의 오피스텔에 찾아왔을까. 태주는 남자에 대한 호기심과 두려움으로 혼란스러웠다.

남자는 마녀의 제의 현장을 목격하고 촛불에 둘러싸인 초희를 보고도 표정의 변화가 없었다. 바닥에 떨어진 칼자루와 핏빛 묘약이 담긴 푸른색 병도 덤덤하게 바라보았다. 이곳에서 벌어지는 비이성적인 일을 알고 있었다는 듯 무심한 태도였다. 남자가 니콜을 바라볼 때 한순간 참혹한 표정이 스쳐 갔다.

니콜도 이상하게 차분했다. 그녀의 오피스텔에 낯선 남자가 침입했는데도 태연히 와인을 잔에 따랐다. 조금 전의 광기가 사라진, 다른 사람 같았다. 니콜은 남자를 향해 와인을 건넸다. 남자의 잿빛 눈동자에서 니콜을 향한 지독한 연민이 느껴졌다. 남자가 아무 행동도 하지 않자 니콜은 싸늘한 얼굴로 와인잔을 떨어뜨렸다. 와인은 바닥에 쏟아지고 유리잔은 산산조각이 났다. 남자는 놀라지 않았다.

니콜은 천천히 남자를 돌아보았다.

"늦었군요. 에드워드……."

놀랍지도 않다는 듯 익숙하고 권태로운 동작이었다. 태주는 그들의 관계를 짐작할 수 없었다. 그들 사이에는 끈질긴 애증과 묘한 긴장이 감돌았다. 니콜은 태연히 찬장으로 걸어가 와인 한 병을 꺼내 왔다.

"당신은 언제나 잘 찾아내. 나도 암세포도. 탁월해."

니콜은 그를 비아냥거리며 조롱했다. 남자는 낮은 숨을 내쉬며 니콜을 바라보았다.

"지치는군."

나이 든 중년의 남녀가 숨바꼭질이라도 하는 건가.

태주는 그들의 대화가 이해되지 않았다. 니콜은 무표정한 얼굴로 와인을 따라 한 모금 마셨다.

남자의 입에서 갈라진 목소리가 새어 나왔다.

"니콜…… 이제 그만하자."

니콜은 우스운 농담을 들었다는 듯 발작적으로 웃음을 터뜨렸다. 와인을 더 들이켜고는 태주와 눈이 마주치자 희미하게 웃었다.

"에드워드, 날 쫓는 마녀사냥꾼이에요."

"마녀사냥꾼이요?"

태주는 놀라 비명처럼 외쳤다. 저자가 마녀사냥꾼이면 니콜은 어떻게 되는 걸까. 니콜은 긴장하거나 겁에 질리

지 않은 태연한 모습이었다. 남자는 잠을 잘 자지 못한 듯
눈이 충혈되어 있었고 신경질적으로 보였다. 남자는 단호
한 얼굴로 태주를 돌아보았다.

"저 아이를 데리고 여기서 나가줘."

명령처럼 말했지만 부탁을 하고 있었다. 남자는 니콜뿐
아니라 그 모든 것으로부터 지쳐 보였다. 초희는 촛불에
둘러싸여 충격받은 얼굴로 어깨를 흠칫 떨었다.

남자는 아무것도 모르고 있었다. 무슨 일이 일어났는지
알아도 믿지 않을 것이다. 태주는 어쩔 수 없다는 듯 남자
에게 말했다.

"믿지 못하겠지만 저 아이는 마녀의 주문에 걸려 있어
요."

남자는 놀라지 않았다. 그저 피곤하다는 얼굴로 눈을
조금 찡그렸다. 초희는 아무렇지 않게 화관을 벗어버리고
촛불을 타 넘어 문 쪽을 돌아보았다.

"아줌마……"

초희는 무언가 잘못되었다는 것을 눈치채고 뒷걸음질
쳤다.

"더 못 하겠어요. 미안해요."

태주는 초희가 문을 열고 나가는 것을 멍하니 바라보았
다. 남자는 천천히 걸어가 떨어진 마녀의 칼을 집어 칼자

루에 꽂았다. 태주는 목덜미에 피가 맺힌 것도 모른 채 무슨 일이 일어났는지 남자에게 설명하려고 했다.

"우리는 위험한 예식을 치르고 있었어요."

그때 남자가 설핏, 웃었다. 아니면 어두운 조명 탓에 잘못 본 것인지도 몰랐다. 니콜은 식탁에 비스듬히 기댄 채 계속 와인을 들이켰다. 조금 전 신비로운 기운에 휩싸여 있던 니콜과는 다른 사람이었다. 지금의 그녀는 알코올에 빠져 있는 나약한 영혼처럼 보였다. 태주는 초조한 심정으로 니콜을 돌아보았다.

"니콜, 이제 어떻게 해야 하죠?"

니콜은 그 말이 들리지 않는지 아무 말도 하지 않았다. 남자는 짙은 잿빛 눈으로 태주를 바라보았다. 용서를 구하는 눈빛이었다. 남자는 분명한 어조로 말했다.

"미안하오. 니콜은 마녀가 아니오."

태주는 가슴이 뛰고 목소리가 떨렸다.

"뭐라고요?"

그녀는 다리에 힘이 빠졌지만 흔들리지 않으려고 안간힘을 썼다. 머릿속이 텅 비어 아무 생각도 떠오르지 않고 이곳이 어디인지조차 혼란스러웠다. 니콜이 마녀가 아니라고? 그녀는 지금껏 무엇을 찾아 여기까지 온 걸까. 니콜은 부정도 변명도 하지 않고 와인만 들이켰다. 태주는 모든 것을 뒤흔드는 남자에게 증오심과 수치심을 느꼈다.

태주는 참을 수 없는 기분에 남자의 뺨을 때렸다. 에드워드는 모든 것을 이해한다는 듯 희미하게 웃었다. 그러곤 태주의 어깨를 가볍게 쥐었다 놓았다. 그것은 위로와 연민의 행위였다. 남자는 진심 어린 눈으로 태주를 바라보았다.

"니콜은 내 아내요."

태주는 남자의 눈빛에 어떤 의혹이나 위장이 없다는 것을 깨달았다. 남자의 잿빛 눈동자가 진실을 말하고 있었다. 어디선가 바람이 불어와 거실에 타고 있던 촛불 몇 개가 꺼졌다. 태주의 시선이 어지럽게 떠돌다 푸른색 병에 고정되었다. 니콜의 말을 믿고 무슨 짓을 저지르려고 했던가, 태주는 눈앞이 흐려지면서 현기증이 났다. 뒷걸음질 치며 고개를 저었다.

"아니야. 그럴 리 없어. 아니야."

에드워드는 태주를 진정시키며 다가왔다. 에드워드의 눈은 붉게 충혈되어 있었다.

"당신에게 모든 걸 털어놓는 게 좋겠군."

에드워드는 한숨을 몰아쉬더니 쉰 목소리로 힘겹게 말을 꺼냈다.

"아내는 4년 전 여덟 살짜리 딸을 잃었소. 좀 더 자세히 말하면 집에 불이 나 모든 게 타버렸지. 그때 내 딸은 방에 갇혀 불길에서 빠져나오지 못했소."

태주는 심장이 칼에 찔린 듯 뜨겁고 고통스러웠다. 돌아보니 니콜은 취해 잠들어 있었다. 식탁 위에 흐트러진 금빛 머리카락, 붉은 입술, 테이블 위 하얀 손가락을 보고도 에드워드의 말을 믿을 수 없었다.

에드워드는 그때까지 타고 있는 촛불로 다가가 하나씩 심지를 눌러 껐다. 에드워드의 목소리는 더 가라앉았다.

"그 불은 아내가 질렀지. 그 후로 아내는 자기만의 세계 속에 갇혀버렸지. 현실을 망각하고 보이지 않는 것을 믿으며. 그렇게 아내는 자신이 수백 년을 살아온 마녀라고 믿었지. 그 뒤로 나는 모든 것을 포기하고 아내를 쫓는 삶을 살았소."

에드워드는 타고 있던 마지막 촛불을 껐다. 그들은 완전한 어둠 속에 갇혀버렸다. 에드워드는 울고 있는 걸까. 식탁 위의 촛불만이 창백한 니콜을 비추었다. 태주는 더이상 그곳에 있을 이유가 사라졌다는 것을 깨달았다.

뒤에서 혼잣말처럼 중얼거리는 에드워드의 목소리가 들렸다.

"내가 모르는 사이, 아내는 진짜 마녀가 되어버린 건지도 모르겠소."

바람 소리 속에 에드워드의 웃음소리가 희미하게 섞여 들렸다. 마지막 그의 말은 위로나 희망이 되지 못했다.

태주는 현관문이 굳게 닫히는 소리를 들으며 그곳을 빠져나왔다. 복도는 어두컴컴했고 어디가 출구인지 알 수 없었다. 저 멀리 비상구라고 쓰인 희미한 초록 불빛을 따라갔다. 뺨은 흐르는 눈물로 축축하고 차가웠다. 비상구를 밀고 나가자 어둠 속에 끝도 없는 계단이 펼쳐져 있었다.

◆

그날, 나는 정말 천국에서 쫓겨난 천사와 마주친 걸까요. 잠에서 깨어나자 샬럿의 침대에서 마약에 취해 있던 가엾은 남자아이는 감쪽같이 사라지고 없었어요. 날개도 잃어버린 남자아이는 어디로 간 걸까요. 그 아이와 내가 함께 마시던 하얀 가루도 치워져 있었죠. 혹시 꿈을 꾼 걸까요. 서둘러 창밖을 내다보았지만 남자아이는 보이지 않았어요. 하늘은 어느새 청록빛으로 물들었어요. 어리석게도 하늘이 검푸르게 변할 때까지 멍하니 있었어요.

나는 누구에게도 그날 마주친 날개 잃은 천사 이야기를 하지 않았어요. 남편은 눈에 보이는 것만 믿는 사람이에요. 내가 겪은 이야기는 타블로이드지에 실리는 가십거리 밖에 되지 않을 거라는 걸 알았죠. 남편과는 여전히 냉기가 흐르고 대화를 나눌 기회도 없었어요. 그이는 나와 눈조차 마주치지 않았으니까. 그럼에도 우리 집은 아무 일 없는 듯 평온하게 흘러갔어요. 여느 중산층 가정처럼 말이에요.

우리는 저녁을 먹으며 얼굴을 마주할 시간을 일주일에 한 번도 갖지 못했어요. 남편은 잦은 수술, 스트레스, 수면 부족으로 지쳐갔고 샬럿은 여덟 살이 되자 내 품보다 친구들을 더 좋아했죠. 나는 그들 사이에서 더 외로웠고 혼자가 되어갔어요. 거울을 보면 낯설고 늙은 여자가 나를 측은하게 바라보았죠. 더 이상 아름답지도 매력적이지도 않은, 삶의 생기라고는 찾아볼 수 없는 여자였죠.

어느 아침, 참을 수 없는 기분이 들어 거울 속 늙은 여자를 향해 향수병을 집어 던졌어요. 향수병은 산산조각이 났고 거울은 금이 간 채 위태로운 모습으로 아슬아슬하게 붙어 있었어요. 순간 거울 너머에서 웃고 있는, 나를 닮은 낯선 여자와 눈이 마주쳤어요. 거울 속 여자의 얼굴은 수십 조각으로 갈라져 울고 있지만 웃는 것 같은 기괴한 모습이었어요. 여자가 처음으로 속삭였어요.

반가워, 니콜.

두렵고 무서웠지만 마음이 흔들렸어요. 그렇게 내 안의 그녀와 친구가 되었어요. 그녀의 이름은 나와 같은 니콜이며 마녀라고 하더군요. 난 웃었어요.

니콜, 넌 혼자가 아니야.

그 말은 내 안에서 파장을 일으켰어요. 나는 더 이상 외롭거나 두렵지 않았어요. 마녀 니콜이 내 안에 있었으니까요.


가장 경이로운 게 뭔지 알아요? 어떤 일이 일어나도 삶은 강물처럼 계속 흐른다는 사실이에요. 그게 삶의 숭고함이죠. 아침이면 어김없이 눈을 뜨고 빵을 먹고 커피를 마시고 화장실에 가고 뉴스를 보죠. 삶에서 기쁨이나 감흥을 느끼지 못해도 절망하거나 고통스러워하지 않아요. 다들 그렇게 박제처럼 살아가니까요. 남편과는 함께 있어도 할 말이 없고, 아이는 점점 자라나 세상 밖으로 뛰쳐나가요. 새하얀 리시안셔스를 사서 꽃병에 꽂아도 사흘이면 갈색으로 변해 죽어가죠. 깨진 거울 속에서 내 안에 살고 있는 마녀와 마주쳐도 삶은 달라지지 않았어요. 나는 죽은 물고기가 강물에 흘러가듯 삶을 죽은 듯 흘려보냈어요. 그렇게 하루하루 늙은 여자가 되는 거예요. 당신 삶은 나와 많이 다른가요?

그런 나에게 유일한 열망이 있었어요. 그날 샬럿의 방에서 마주친 날개 잃은 가엾은 천사를 다시 만나는 것이었죠. 그 천사의 이름은 물론 어디에 사는지도 몰랐어요. 우린 말없이 앉아 할 일이라고는 그것뿐이라는 듯 하얀 가루를 코로 마셨으니까요. 그리워하는 것이 어쩌면 남자아이가 아니라 금지된 알싸한 향기인지도 모르겠어요. 나는 설거지를 하다 지는 해를 바라보며, 마트에서 오렌지를 고르다가, 잠이 오지 않는 밤 혼자 와인을 마시며 남자아이를 떠올렸어요. 그건 사랑이나 그리움이 아니었어요.

끔찍한 내 삶에 유일하게 남은 한 줄기 바람 같은 위안, 찰나의 눈부심, 자유에의 동경, 투명한 빛줄기 같은 것이었다면 이해할 수 있나요? 당신은 이런 나를 비웃으려나요?

그러던 어느 날, 마트에서 장을 보는데 동네 여자들이 홀끗거리며 수군거리는 걸 들었어요.

"저 여자 맞아?"

"맞아. 저 집 남편이 어린 여자랑 붙어먹었다며? 여자집에서 매일 밤늦게 나오는 걸 봤다는데?"

"세상에, 호텔 청소부라며? 저 집 남편은 의사 아냐?"

"남편이 딴짓하고 다니는 줄도 모르고 도도한 척하는 꼴이라니. 저 여자 볼 때마다 재수 없어."

나는 들고 있던 플라스틱 바구니를 바닥에 떨어뜨렸어

요. 우유팩이 터져 하얀 우유가 쏟아졌고 머릿속은 새하얗게 물들었어요. 나는 등 뒤에서 수군거리던 여자들에게 걸어갔어요. 차분하게 말하려고 했지만 목소리가 떨렸어요.

"말해봐요. 누구죠?"

신나게 떠들던 여자들은 입이 붙어버린 듯 대답하지 않더군요. 나는 마트에 있던 사람들이 다 돌아볼 정도로 소리를 질렀어요.

"내 남편과 붙어먹은 여자가 누구냐고!"

당장 그 계집애, 에마의 집으로 차를 몰았어요. 그 순간 왜 눈물이 쏟아졌을까요. 아무것도 모른 척 안온한 삶을 살고 있던 나에게 화가 났기 때문일까요. 아니면 짐작하고 있던 일이 수면 위로 드러난 게 두려웠기 때문일까요. 나는 어린 여자의 집으로 가는 내내 눈물을 닦지도 못하고 소리 내 울음을 터뜨렸어요. 나는 떨고 있었어요. 내 삶을 덮친 비극이 모두 나 때문일지 모른다는 두려움에 가슴이 갈기갈기 찢겨나갔어요.

한순간 그날의 일이 떠올랐어요. 평온하던 어느 날, 남편의 서재에 들어서지 말았다면 좋았을 그 순간을 목격했던 날이요. 수치심과 분노에 휩싸인 눈으로 나를 보던 남편의 얼굴이 생생히 떠올랐어요. 욕망을 다 잃었다는 남편의 절규는 화를 낸 것이 아니라 도와달라는 애원이었

238

는지도 모른다는 뒤늦은 깨달음이 밀려왔어요. 그날은 내 삶에서 가장 슬프고 부끄러운 기억의 한 장면이었죠.

한낮이었고 바람이 불어오는 기분 좋은 날씨였어요. 멀리서 하얀색 카나리아가 나뭇가지에 앉아 지저귀고 있었어요. 어느 집에선가 아이의 울음이 흘러나오고 화가 난 엄마의 목소리도 들려왔어요. 나는 차에서 내려 낯선 동네를 바라보았어요. 남편이 그 여자를 만나러 매일 이곳에 왔다니 특별할 것 없는 하얀색 2층 주택들이 달라 보였어요. 내 앞으로 다람쥐 한 마리가 쏜살같이 지나갔어요. 삶이란 예기치 못한 순간의 연속이고 인간은 그 순간을 피할 수도 도망칠 수도 없어요. 그러니 바람을 통과하듯 견디며 지나칠 뿐이에요. 그렇게 삶은 바람을 타고 흘러가는 풍선처럼 덧없이 흘러가요.

나는 남편을 홀린 여자의 집을 향해 천천히 걸어갔어요.

할 수 있는 일이란 어떤 놀라운 광경을 봐도 동요하지 않으리라 마음먹는 것뿐이었죠. 에마의 집 초인종을 길게 눌렀어요. 찢어지는 듯한 벨 소리가 고요한 동네에 울려 퍼졌어요. 시끄러운 벨 소리를 듣지 못했을 리 없는데 기척이 없었어요. 다시 한번 벨을 눌렀어요. 입술을 깨물며 칠이 벗겨진 하얀색 현관문을 노려보는데 느닷없이 벌컥 열렸어요. 피로에 지친 신경질적인 여자애의 목소리가 귀를 찔렀어요.

"젠장, 누군데 아침부터 시끄럽게 벨을 눌러?"

12시가 다 되었으니 아침은 아니었죠. 샤워 가운을 걸치고 젖은 머리칼을 틀어 올린 스물일곱 살쯤 된 여자가 담배를 든 채 나를 바라보더군요. 여자의 얼굴에는 기미와 주근깨가 많고 얼굴빛은 윤기를 찾아볼 수 없을 정도로 피곤한 기색이었어요. 호텔 청소부라더니 삶의 여유가 없는 지친 모습이었죠. 남편이 빠져 있는 게 정말 이 여자라니 보고서도 믿을 수 없었어요.

"댁은 누구죠?"

그녀는 담배 연기를 내뿜으며 못마땅한 얼굴로 나를 훑어보더군요. 행동 어디에도 교양이라고는 찾아볼 수 없었죠. 나는 감정을 누르며 조용히 물었어요.

"난 에드워드 아내예요. 당신이 에마예요?"

그제야 당황한 듯 그녀의 눈빛이 흔들렸어요. 한숨을 쉬더니 말없이 담배를 피우더군요. 내가 찾아올 거라는 걸전혀 예상치 못한 것 같았어요. 동네 여자들이 모두 아는 걸 나와 에마만 몰랐던 거죠. 영악한 게 아니라 멍청하고 순진한 여자라는 걸 느꼈죠. 그녀는 솔직했어요. 궁색한 변명을 하거나 도망치지도 않았죠. 남편이 에마의 이런 순진한 매력에 빠져들었을까요.

그녀는 쑥스럽다는 듯 웃으며 말하더군요.

"맞아요, 내가 바로 에마에요."

정말 백치 같은 여자였죠. 웃는 얼굴을 보자 따귀라도 한 대 때리고 싶은 분노가 사그라들더군요. 그녀에게 무엇을 확인하고 따져야 하는지 몰라 머뭇거렸어요. 에마는 그런 나를 이해한다는 듯 피식 웃더니 한 걸음 비켜섰어요.

"좁지만 들어올래요?"

나는 자궁 속처럼 좁고 어둡고 축축한 그녀의 집으로 들어섰어요. 그녀를 찾아갈 땐 따귀를 한 대 때리고 욕을 하고 매몰차게 돌아설 생각이었죠. 그런데 그녀를 더 알고 싶은 궁금증으로 에마의 집 거실로 들어갔어요. 가슴이 뛰고 두려웠어요. 운이 나쁘면 남편과 마주칠지도 몰랐으니까요. 남편과 마주치면 우린 어떤 얼굴로 서로를 바라봐야 할지 혼란스럽고 착잡했어요.

그 집 공기 속엔 온갖 악취가 뒤섞여 있었어요. 기름 냄새, 먹다 남은 중국식 볶음국수 냄새, 맥주와 담배 연기 냄새, 언젠가 맡아본 적 있는 불온한 냄새까지. 나는 좁은 복도를 지나 초록색 패브릭 소파에 누군가 흐트러진 모습으로 잠들어 있는 것을 보았어요. 보고 싶지 않았지만 내 동공은 그 광경을 보았어요. 나는 더 다가갈 수 없었어요. 숨이 막히는 것 같았죠.

남편이었지만 내가 알던 남편의 모습이 아니었어요. 헝클어진 금발, 러닝셔츠 사이로 드러난 가슴, 단추가 풀린 청바지. 칼끝에 가슴을 베인 듯 통증이 훑고 지나갔어요. 남편은 깊이 잠든 듯 내가 눈앞에 있는데도 깨어나지 않았어요. 어질러진 테이블에 선명한 노란 장미 꽃다발이 눈을 찔렀어요. 에마는 대수롭지 않게 말했어요.

"사 왔더라고요. 노란 장미를."

내 입에선 신음이 흘러나왔어요. 병원에 있어야 할 시간에 젊은 여자의 집에 숨어들어 태연하게 낮잠을 자다니. 무엇이 그의 날카로운 신경을 저토록 평화롭게 만들었을까 궁금했어요. 비웃음 섞인 말투로 물었어요.

"자는 건가요?"

에마는 새 담배에 불을 붙여 길게 빨아들이며 말했어요.

"아뇨, 꿈꾸는 거예요."

에마가 무슨 말을 지껄이는지 몰라 그녀를 쏘아보았어요. 에마는 회색 소파에 털썩 앉아 흐릿한 눈으로 창밖을 보더군요.

"천국에서 노는 꿈을 꾸는지도 모르죠."

"무슨 소릴 하는 거죠?"

남편에 대해 뭘 안다고 마음대로 지껄이는 에마에게 분

노를 느꼈어요.

눈치라곤 없는 에마는 그 입을 닥치지 않았어요.

"사는 게 지옥이라고 했으니까요. 가엾지 않나요?"

속이 뒤틀렸지만 나는 평정심을 가지려고 애쓰며 물었어요.

"뭐가…… 가엾다는 거죠?"

순간 에마는 이상한 눈빛으로 나를 바라보았어요. 아내라는 여자가 남편을 전혀 모르고 있다는 사실을 이해할수 없다는 얼굴이었어요. 에마는 어이없다는 듯 비웃었어요. 나는 오물을 뒤집어쓴 것 같은 모멸감을 느꼈죠.

"돈과 명예를 다 가졌는데도 숨이 턱 막혀서 이 더러운 집구석에 찾아와야만 숨이 쉬어진다는데 그게 안 가여워요?"

남편이 철없는 여자애한테 그런 이야기를 했을 리가 없어요. 그럼에도 나는 다리가 후들거리고 심장이 조여왔어요. 나는 무언가 중요한 것을 잃어버린 것 같은 고통스러운 기분이었어요. 한없이 평화롭게 잠든 남편의 얼굴, 그런 남편을 가엾게 바라보는 남루한 여자애. 나는 귓속이 왕왕 울리는 듯한 두통과 현기증을 느끼며 그곳을 뛰쳐나왔어요. 저건 내 남편이 아니에요. 내가 집을 잘못 찾아온거죠. 남편은 지금 세인트 토마스 병원에서 환자들을 돌

보고 있을 거예요. 그러나 나를 비웃던 보잘것없는 에마의 얼굴이 떠오르자 가슴에 통증이 되살아나고 머릿속이 터져버릴 것 같았어요. 나는 겨우 차에 올라타 눈을 감았어요. 나도 모르게 뜨거운 눈물이 계속 흘러내렸어요.

그날 나는 그림자가 사라진 듯 삶의 일부를 잃어버린 기분이었어요. 내가 잃어버린 건 무엇이었을까요. 분명한 건 누구도 생의 함정을 피해 갈 수 없을 거라는 거예요. 당신도 나처럼 소중한 걸 잃어버린 채 아무것도 모르는 얼굴로 살아가고 있다는 것, 그게 바로 우리 삶의 그림자라는 걸 알려주고 싶어요.

기억이 떠오르나요? 당신도 모르는 사이, 무얼 잃어버렸는지.


◆◆


니콜이 마녀가 아니라 불을 질러 딸을 죽인 여자라고?

태주는 세상이 어지럽게 도는 것 같은 현기증을 느꼈다. 검은 모래사장을 걷는 듯 발이 어둠 속으로 빠지는 기분이었다. 니콜을 처음 만나던 순간이 떠올랐다. 칼바람이 부는 날, 모두가 외면할 때 얼어붙은 그녀에게 손을 내밀었던 니콜. 니콜의 신비로운 초록 눈동자와 바람에 흩날리는 금빛 머리칼을 떠올렸다. 한 번도 가보지 못한 먼 나라에서 불어오는 바람 같은 목소리를 기억했다.

그런데 모두 가짜라고? 태주는 몸이 모래성처럼 허물어지는 듯한 허탈감을 느꼈다. 이제 모든 게 끝났다. 계단은 가팔랐고 푸르스름한 어둠이 끝도 없이 이어졌다. 배 속 태아를 죽여 그녀의 아이를 살릴 어리석은 꿈을 꾸다니. 뒤늦은 후회와 죄책감으로 눈물이 왈칵 쏟아졌다. 희미하게 켜져 있던 천장 등이 깜빡이더니 꺼져버렸다. 그녀는 진짜 어둠 속에 갇혀버렸다. 문득 계단 아래 어둠 속으로 몸을 던지고 싶은 충동이 일었다. 그것이 그녀에게 남은 유일한 구원처럼 여겨졌다.

그때 어둠 속에서 바람 소리에 섞여 니콜의 목소리가 들려왔다.

당신은 세상에서 가장 강한 존재예요.

태주는 휘청거리다 그것을 보았다. 그것은 뿌연 초록빛에 둘러싸여 춤추듯 허공을 날아다녔다. 태주는 초록빛을 홀린 듯이 바라보다 손을 뻗었다. 도시에서 사라진 신비로운 반딧불이었다. 그것은 온몸으로 오묘한 빛을 내뿜으며 어둠을 잡아먹었다. 이 초록빛은 누가 보낸 걸까.

태주는 어둠 속에서 중얼거렸다.

"니콜…… 당신은 마녀예요."

그녀의 목소리가 바람을 타고 퍼져나갔다. 초록빛 반딧불이 어둠 속에서 빙그르 돌았다. 그녀 안의 검은 동굴 속에 한 줄기 빛이 비추는 것을 느꼈다. 반딧불은 태주의 얼굴 앞까지 날아오더니 날개를 팔랑거리며 계단 아래로 날아갔다. 태주는 신비로움에 이끌려 반딧불의 초록빛을 따라갔다.

계단은 끝도 없이 이어졌지만 그녀는 두렵지 않았다. 반딧불은 활짝 열린 문으로 어느새 사라졌다. 반딧불을 놓칠 새라 그녀는 다급하게 뛰어나갔다.

그곳엔 16세기 이국의 섬나라 같은 낯선 풍경이 펼쳐져 있었다. 스산하고 쓸쓸해 보였지만 모든 것을 잊을 만큼 아름다웠다. 협곡과 무릎까지 자란 이름 모를 풀들과 보랏빛 야생화와 험난한 바위가 군데군데 박혀 있었다. 하늘은 검푸른 빛이었는데 새벽인지 한밤중인지 알 수 없었다.

반딧불은 허공을 날아 어딘가로 그녀를 데려갔다. 그녀는 종아리에 풀이 스치는 것을 느끼며 협곡 사이로 검푸른 계곡이 흐르는 것을 보았다. 반딧불이 멈춘 곳에는 여덟 살쯤 된 여자아이가 있었다. 여자아이는 헝클어진 단발머리에 커다랗고 슬픈 초록빛 눈동자와 얇은 보랏빛 입술을 지녔다. 맨발에 잠옷 같은 하얀색 원피스를 입고 품에 무언가를 안고 있었다. 털 뭉치 같은 그것은 하얀 깃털의 카나리아였다. 카나리아는 눈을 감은 채 움직이지 않았다. 여자아이의 주위를 떠도는 반딧불은 빛이 점점 희미해졌다.

여자아이는 죽은 오렌지 나무 앞에 카나리아를 내려놓았다. 새는 다리를 축 늘어뜨린 채 눈을 뜨지 않았다. 여자아이는 손으로 흙을 파 작은 구덩이를 만들어 새를 넣고 나뭇잎을 덮어주었다. 태주는 궁금증을 참지 못하고 물었다.

"뭐 하는 거니?"

여자아이는 고개를 들어 태주를 물끄러미 바라보았다. 아무 감정이 없는 눈빛이었다.

"죽어서 묻어주는 거예요."

태주는 입을 틀어막았다. 뜻밖에 울음이 터져 나올 것 같았다. 여자아이의 입에서 나온 말은 두려움도 슬픔도 섞여 있지 않았다. 여자아이는 말간 얼굴로 나뭇잎과 마른 꽃잎을 죽은 새의 사체 위에 뿌렸다. 그리고 새를 위해 노래를 불러주었다.

"귀여운 아기 새야. 울지 마.

너의 아빠가 슬프게 울어줄 거야. 너의 엄마가 노래해줄 거야.

가여운 아기 새야, 편히 잠들거라.

사랑하는 아기 새야, 천국에서 별이 되렴. 천상에서 바람이 되렴."

여자아이는 흙 묻은 손으로 박수를 쳤다. 카나리아는 나뭇잎에 덮여 보이지 않았다. 여자아이는 맨발을 비비며 발 장난을 쳤다.

태주는 여자아이의 헝클어진 머리칼을 쓸어주며 물었다.
"새가 죽어 슬프지 않니?"

여자아이는 낙엽을 하나 집어 빙글빙글 돌렸다.
"울지 말아요. 새는 천국에서 별이 됐어요."

태주는 그제야 자신이 울고 있는 것을 알았다. 하늘은 검푸른 보랏빛으로 변했다. 반딧불은 검푸른 어둠 속으로 사라져 비로소 어둠이 되었다. 작은 빛 하나가 점멸하듯 반짝거렸다.

태주는 작은 빛이 방금 묻어준 새의 영혼일지도 모른다고 생각하다 그 빛이 가슴속으로 들어와 영원히 묻힌 것을 알았다. 주위를 돌아보자 여자아이는 사라지고 없었다. 저녁이 되어 집으로 돌아간 걸까. 스산한 풍경 어디에도 집 같은 건 눈에 띄지 않았다. 태주는 검푸른 하늘의 별을 하염없이 바라보며 가슴이 따뜻해지는 것을 느꼈다.


창밖에서 맑은 새소리가 들려왔다. 태주는 눈을 감은

채 지저귀는 새소리를 들었다. 가슴이 간지러운 느낌이 들어 눈을 뜨자 환한 빛 한 줄기가 그녀에게 쏟아져 들어왔다. 그녀는 거실 소파에서 코트를 입은 채 눈을 떴다. 몸을 일으켜 베란다로 걸어 나갔다. 아침의 태양이 도시의 빌딩 숲 사이로 서서히 떠올랐다. 태주는 태양이 뜨는 광경을 넋을 잃고 바라보았다. 눈을 감자 태양이 그녀 안으로 들어온 것만 같았다.

그녀는 오랜만에 식욕을 느끼고 부엌 냉장고를 열었다. 채소 칸에서 언제 사놓았는지도 모르겠는 사과 한 알을 발견했다. 그것을 꺼내 옷에 닦아 한입 베어 물었다. 달콤쌉싸름한 과즙이 입 안 가득 고이자 그녀는 눈을 찡그렸다.

문득 천장 구석에서 먼지 낀 거미줄을 보았다. 거미줄을 타고 거미 한 마리가 위태롭게 기어 올라갔다. 몸통에는 붉은 줄무늬가 있었다. 독거미일지도 모른다는 생각이 들었지만 상관없었다. 그녀는 거미가 떨어지지 않고 천장 위로 기어오르는 광경을 흥미롭게 지켜보았다. 그녀는 거미의 의지에 감동을 받았다. 태주는 붉은 줄무늬 거미를 죽이지 않기로 마음먹었다. 혼자가 아니라 거미와 함께 지내는 것도 나쁘지 않을 것이다.

햇살이 그녀의 집 거실에 따뜻하게 비춰 들었다. 그녀는 그제야 지난겨울 내내 입었던 검정 코트를 벗었다. 그리고 세상을 오래도록 바라보았다.

◆

당신은 천국을 본 적이 있나요? 나는 보았어요. 천국은
아주 가까이에 있더군요. 그곳은 지옥이라고 믿은 순간에
찰나의 빛처럼 찾아와요.

그날 아침, 마당에 핀 빨강 튤립에 물을 주고 우편함을
확인했어요. 은행에서 온 수표책이나 먼 친척에게서 온 카
드를 기대했어요. 손끝에 차갑고 물컹한 것이 닿았어요. 불
쾌한 느낌에 그것을 꺼냈어요. 죽은 하얀 카나리아였어요.

누가 이 가엾은 새를 우편함에 넣었는지 궁금해 주위를
둘러보았죠. 주위에 수상한 사람은 눈에 띄지 않았어요.
새가 우편함에 들어와 빠져나가지 못하고 죽어버린 걸까
요? 아니면 도둑고양이가 물어다 놓은 걸까요. 입술을 깨
문 채 나는 죽은 새를 바라보았어요. 구더기도 없고 악취
도 풍기지 않았어요. 죽은 지 오래되지 않은 것 같았어요.
곧 불쾌함은 사라지고 연민이 생겨났어요. 나는 죽은 새
의 하얀 깃털에 뺨을 대보았어요. 차가웠지만 보드라웠죠.
그 순간 희미하게 가슴이 두근거렸어요. 남편은 병원에

출근하고 샬럿은 학교에 가고 집 안엔 나 혼자뿐이었죠. 어떤 강렬한 예감이 내 안에 퍼져나갔어요. 누가 죽은 새를 선물했는지 그제야 알아챘죠.

니콜, 나랑 같이 천국에 갈래?

천국에서 쫓겨난 남자아이의 목소리가 떠오르자 세계가 미세하게 떨리는 흔들림을 느꼈어요. 그리고 가슴에 통증이 밀려왔어요. 죽은 새를 선물한 건 그 아이의 짓이 분명했어요. 그 아이 말고 누가 이런 잔혹한 장난을 좋아하겠어요? 왜 죽은 새 따위를 보낸 건지 남자아이의 의도를 알 수 없었어요. 그런데도 나는 이 새가 삶의 중요한 비밀인 듯 품에 안았어요. 그러자 요동치던 심장이 고요해지는 듯했죠. 마당에 묻어줄지, 쓰레기통에 버려야 할지 고민하다 새를 품에 안고 집 안으로 들어갔어요. 희미한 기대감에 가슴이 묘하게 뛰었죠.

그날 저녁은 오랜만에 평화로운 일상이었어요. 남편은 웬일인지 일찍 퇴근해 샬럿과 함께 저녁식사를 했죠. 양고기와 토마토 스튜와 염소 치즈와 옥수수를 넣고 오븐에 구운 감자 요리를 만들었죠. 남편은 스튜가 맛있다고 한마디를 했고 샬럿은 옥수수와 감자를 깨끗이 먹었어요. 남편은 샬럿에게 학교생활이 어떤지 물었고 샬럿은 수학 시간이 재밌다고 하더군요. 디저트로 당근케이크를 내오기 전까지 모든 것은 완벽한 가정의 풍경처럼 보였어요. 나는 오랫동안 느껴보지 못한 안정감과 평화로움에 긴장이 풀어졌어요.

몇 잔 마신 와인 때문에 기분이 좋아 나는 쓸데없는 말을 꺼냈어요.

"오늘 아침은 이상한 일이 있었는데 지금은 아주 평화롭네요."

남편이 포크로 당근케이크를 자르다 멈칫했어요.

"무슨 일이 있었는데?"

나는 손사래를 치며 웃어넘겼어요.

"식사 시간에 어울리지 않는 얘기예요."

샬럿이 자몽주스를 마시더니 어깨를 으쓱해 보였어요.

"난 다 먹었어요."

그 애는 호기심 가득한 눈으로 나를 바라보더군요. 남편도 의아한 눈으로 나를 바라보았죠. 그들이 그토록 나를 간절하게 바라보는 것이 믿기지 않아 웃음을 터뜨렸어요. 나는 기분이 들떠 남편이 좋아하지 않을 얘기를 꺼내고야 말았죠.

"이상한 선물을 받았지 뭐니."

"선물이요?"

샬럿의 동공이 빛났어요. 나는 샬럿에게 속삭였어요.

"이건 비밀인데 죽은 카나리아가 우편함에 들어 있었어."

내 말이 끝나기 무섭게 남편이 신경질적으로 포크를 내려놓았어요.

"쓸데없는 얘기는 그만해."

남편은 그런 식의 대화를 나누는 걸 질색하는 사람이었어요. 눈에 보이는 것, 믿을 수 있는 것, 실증적인 사실이 아닌 것을 혐오하는 사람이었죠. 남편은 내 말을 믿지 않았어요. 내가 있지도 않은 일을 꾸며냈다고 생각한 거죠.

"그 새는 어떻게 했어요?"

호기심 많은 샬럿이 그렇게 물을 걸 알고 있어서 웃음이 터져 나왔어요.

"보여줄까?"

남편이 경멸 섞인 눈빛으로 노려보았지만 개의치 않고 싱크대 위에 검은색 상자를 가져왔어요. 그의 목소리가 분노로 떨리는 것을 알아차렸어요.

"그만하지."

그는 검은 상자를 노려보며 그 자리에 그대로 있었어요. 그는 죽어도 내 마음을 모를 거예요. 에마, 그 여자의 집에서 방심한 채 잠든 남편의 모습을 보고 내 심장이 얼마나 싸늘하게 식어버렸는지. 내 삶이 어떻게 박제가 되어버렸는지 눈앞에 보여주고 싶은 충동이 일렁였어요.

나는 검은 상자를 열어 남편 쪽으로 밀었어요.

"보세요. 이게 나예요."

하얀 카나리아의 사체는 윤기와 빛을 잃은 채 박제처럼 말라 있었죠. 희미한 악취가 났는지도 모르겠네요. 남편은 빳빳하게 굳은 얼굴로 자리에서 일어났어요. 입을 다문 채로 들릴 듯 말 듯 내뱉었어요.

"정말 지옥이 따로 없군."

그는 계단을 올라가 문을 꽝 닫고 서재로 들어가버렸어요. 나는 어이가 없어 웃음이 터져 나왔죠. 그이는 어린 여자와 뒹굴며 천국에서 노는 거 아니었나요? 진짜 지옥이 뭔지 알지도 못하는 주제에 함부로 지껄이다니. 나는 서재를 노려보며 중얼거렸죠.

"진짜 지옥이 뭔지 알고 싶어?"

남편은 언제나 그런 식이었어요. 잘난 체에 도도하고 점잖은 척. 그러면서 뒤로는 역겨운 짓을 하고 다니는 이중인격자. 샬럿 앞에서 나를 모욕한 건 화가 났지만 그 아이가 아직 식탁에 있었기 때문에 잠자코 있었어요. 샬럿은 잘못이 없으니까요. 희생된 이 작고 하얀 카나리아처럼.

샬럿은 화가 난 듯 포크로 당근케이크를 뭉개더군요.

음식 가지고 장난치지 말라 하고 싶었지만 참았어요. 샬럿은 날카로운 눈빛으로 나를 바라보았어요.

그 아이는 당근케이크 하나를 다 뭉개놓고 물었어요.

"이제 만족해요?"

나는 뜻밖에 찬물로 얼굴을 뒤집어쓴 듯 얼어붙었어요. 여덟 살짜리가 그런 말을 하리라곤 생각지 못했거든요. 애써 태연한 척 웃어 보였지만 입술이 떨렸어요.

"샬럿…… 그게 무슨 말이니?"

죽은 카나리아를 보여줘 화가 난 걸까요. 그 아이는 한 번도 본 적 없는, 남편을 빼닮은 얼굴로 내 눈을 쏘아봤어요.

"아빠는, 엄마를 사랑하지 않아요."

샬럿이 왜 저런 말을 하는지 이해할 수 없었어요. 그 아이는 의자를 넘어뜨리며 일어나 2층으로 올라가버렸어요. 저렇게 화가 났을 때 모습은 정말 남편을 닮았더군요. 설마 저 아이도 남편이 다른 여자에게 빠져 있는 걸 알아차린 걸까요? 여덟 살짜리가? 나는 혼란과 당황스러움에 식탁에서 꼼짝하지 못했어요. 그날 저녁 뭉개진 당근케이크와 뻣뻣하게 굳어가는 죽은 카나리아와 함께.

어떻게 평화로운 순간이 그토록 쉽게 깨지고 박살이 나는지, 나와 남편과 샬럿 사이에 무엇이 잘못되었는지 삶에서 벌어지는 일들을 이해하려고 애썼어요. 천사 남자아이를 다시 만난다면 삶에 얽힌 의혹을 알게 될까요? 남자아이는 왜 죽은 새를 보낸 걸까요? 나는 창밖에 어둠이 내려앉을 때까지 식탁에 앉아 있었어요. 의문과 혼돈 속에 밤이 잔인하게 흘러갔어요.

다음 날, 왜 킹스턴호텔로 찾아갔는지 잘 모르겠어요. 피해왔던 실체를 내 눈으로 보고 싶었던 걸까요. 내 삶을 향해 다가오는 불운의 전조, 혼돈과 긴장의 나날, 나는 그 모든 것들을 그만두고 싶었어요. 킹스턴호텔에 가면 삶을 위협하는 죽은 카나리아의 정체와 적나라하게 마주칠 거라는 걸 기대했기 때문이에요. 도망칠수록 그것은 내 삶을 통째로 삼켜버리고 말 테니까요.

그날 새벽, 화장실에 가다가 2층에서 흘러나오는 웃음소리를 들었어요. 남편의 웃음소리였어요. 나도 모르게 계단을 하나씩 밟고 올라갔어요. 웬일인지 서재의 방문이 살짝 열린 채 스탠드 불빛이 새어 나왔어요. 누군가와 통화를 하는 남편의 뒷모습이 보였어요. 그 여자 에마일 거라는 생각에 가슴이 뛰었어요.

"좋아, 내일 밤 9시 킹스턴호텔 901호로 갈게."

나는 도둑고양이처럼 통화를 엿듣고 다음 날 밤 킹스턴

호텔로 달려간 거예요. 남편은 응급수술이 있다고 나갔고 샬럿은 그 시각까지 방을 어지르며 놀고 있었어요. 거실을 서성이는 나는 망상과 불안감에 미칠 것 같았어요. 남편이 여우 같은 에마의 유혹에 넘어가 호텔에 있다니. 정신을 차렸을 때 난 이미 차를 몰고 킹스턴호텔로 달리고 있었어요.

킹스턴호텔 901호 앞에 도착해서 초조하게 손톱을 물어뜯었어요. 남편은 응급수술을 하고 있는데 어린 샬럿만 집에 남겨둔 채 망상을 쫓아 달려왔을지도 모른다는 불안으로 정신이 아득해졌죠. 에마와 남편이 뒤엉켜 있는 걸 보고 나면 어떻게 될까요? 내 삶이 낭떠러지로 추락하고 말거예요. 차라리 아무것도 모르는 척 살아가는 편이 나와 샬럿의 평화를 지켜줄 거라는 생각이 들었어요. 그럼에도 낭떠러지로 떨어지는 심정으로 벨을 누르고야 말았어요. 심장이 미친 듯이 뛰었어요.

잠시 후 문이 딸각 열리며 샤워 가운을 입은 나른한 얼굴의 에마가 나를 맞이했어요. 그녀는 삶에서 더 이상 잃을 게 없는 메마른 얼굴이었어요. 그저 비켜서며 희미하게 웃더군요.

침대 스탠드 하나만 켜둔 실내는 어두웠어요. 벌거벗은 채 고른 숨을 내쉬며 평화롭게 잠든 건 내가 아는 얼굴이 있어요. 그건 남편이었지만 내가 모르는 남편의 얼굴이었어요. 마치 한 줄기 햇살에 취해 잠든 듯 끔찍하게 평화로워 보였죠. 가슴이 덜컹 내려앉으며 호텔방이 흔들리는 것 같았어요. 담배를 피우던 에마의 낮은 목소리가 들렸어요.

"당신 남편은 천국에 있는데 당신은 지옥을 본 얼굴이네."

나는 에마의 따귀를 때리지도 남편에게 다가가지도 못하고 뒷걸음질 쳐 방에서 도망쳐 나왔어요. 에마의 비웃음 소리가 들렸죠. 비틀거리며 걷는데 호텔 복도가 흔들리는 느낌에 어지러웠어요. 나는 엘리베이터를 기다리지 못하고 휘청거리며 비상계단으로 뛰어 내려갔어요.

누군가 계단에 쭈그리고 앉아 있는 걸 보고 걸음을 멈췄어요. 찢어진 러닝셔츠과 청바지를 입은 금발의 남자아이가 나를 보고 해맑게 웃더군요.

"올 줄 알았어요, 니콜."

내가 보고 있는 걸 의심했어요. 샬럿 방에서 마주친 날개 잃은 천사를 다시 만나게 되다니. 그것도 남편과 다른 여자가 있는 걸 목격한 킹스턴호텔의 어두운 계단에서. 머릿속이 하얘진 채 겨우 말을 꺼냈어요.

"네가…… 어떻게…… 여기 있니?"

그 아이는 내 어리석은 질문에 슬프게 웃더니 창밖을

내다보았어요.

"잊었어요? 난 당신 천사예요."

내가 가장 지옥 같은 순간에 나타난 걸 보니 정말 날 지켜주는 천사가 맞는 걸까요? 나는 만신창이가 되어 누구라도 붙잡고 싶었는지도 몰라요.

그 아이는 밤의 불빛들을 바라보았어요.

"여기서 보면 아름다워. 이 세상 사람들."

그 아이가 무슨 말을 하는지 귀에 들어오지 않았어요. 내 심장은 고통에 찢겨나가고 머릿속은 터질 것 같았으니까요.

그 아이는 구역질이 난다는 듯 인상을 쓰더군요.

"근데 가까이 보면 하나같이 역겹고 추악해. 당신이 본 지옥처럼."

그 아이는 슬프고도 아름다운 잿빛 눈으로 나를 돌아보았어요. 영혼이 없는 것 같은 눈빛, 그러나 삶의 비밀을 알고 있는 눈빛. 그 아이는 나에게 일어난 모든 일을 알고 있는 것 같았어요.

내 목소리가 떨려 나왔어요.

"우편함에 죽은 카나리아를 넣은 게 너니?"

그 아이는 희미하게 웃었어요. 역시 그 아이가 한 짓이었어요.

"왜지?"

"당신을 즐겁게 해주고 싶어서."

죽은 새를 선물하면서 즐겁기를 바라다니 정신이 좀 이상한 애거나 천국에서 쫓겨난 천사가 맞을 거라고 생각했죠.

그 아이는 내 눈동자를 천천히 들여다보았어요.

"니콜, 당신 눈엔 빛이 없어. 온통 어둠과 고통뿐이야."

남자애에게 내 마음을 들켰다는 생각에 가슴이 두근거렸어요.

그 아이는 함부로 건져진 물고기처럼 힘겹게 숨을 몰아쉬며 가슴을 쥐어뜯었어요.

"그걸 보는 내가 고통스러워!"

나는 그제야 남자아이가 두렵게 느껴졌어요. 남자아이는 무슨 짓이든 할 수 있을 것처럼 보였으니까요. 남자아이의 얼굴은 피가 몰린 듯 붉어졌어요.

"걸레 같은 에마 때문에! 왜 당신이 고통받아야 하지?"

나는 눈앞이 뿌옇게 흐려지고 눈물이 왈칵 쏟아졌어요. 그 순간 평화롭게 천국의 꿈을 꾸는 남편의 얼굴이 떠올랐어요. 심장에서 뜨거운 불덩이가 목구멍으로 올라오는 것 같아 간신히 말을 내뱉었죠.

"내가 아니라…… 그가 지옥에 가야지……."

순간 어지럽던 머릿속에 한 줄기 빛이 밝혀진 듯 환해지는 느낌이 들었죠. 나는 남자아이를 바라보았어요. 남자아이의 텅 빈 눈동자 속에서 불길에 활활 타오르는 우리 집을 보았어요. 남자아이는 차가운 손길로 내 얼굴에 흐르는 눈물을 닦아주었어요. 그 아이는 고통스럽게 웃으며 말했어요.

"니콜, 나랑 같이 천국에 갈래?"

나는 그제야 그 말의 의미를 알아차렸어요.


나는 차를 몰고 주유소를 향해 달렸어요. 휘발유를 두 통 사서 트렁크에 싣고 달려오는 동안 다른 차와 마주치지 않았어요. 사람들은 평화롭고 깊은 잠에 빠진 시각이었으니까요. 우리 집 거실과 2층 샬럿의 방에만 불이 희미하게 켜져 있더군요. 나는 휘발유를 트렁크에서 꺼내 현관문에 들어서기 전 뒤를 돌아보았어요. 짙은 어둠 속에서 마른 가슴으로 힘겹게 숨 쉬며 서 있는 천사 남자아이를 보았어요. 그 아이는 잿빛 눈으로 내 모든 것을 이해한다는 듯 희미하게 웃었어요.

집 안에 들어서자마자 거실 창문과 부엌 창문의 커튼을 모조리 닫았어요. 희미한 스탠드만 하나 남겨두고 집 안의 모든 불을 꺼버렸어요. 나는 휘발유를 보랏빛 커튼, 패브릭 소파, 빼곡한 책장, 페루산 자줏빛 카펫, 남편과 나와 딸아이가 웃고 있는 액자, 너저분한 부엌 식탁에 정신없이 뿌렸어요. 한때 웃음소리가 들려오던 과거의 한순간이 떠오르자 가슴이 울컥하며 눈물이 흘러내렸어요. 과거는 결국 오래된 사진처럼 빛을 잃고 퇴색해버리고 말 거예요.

나는 휘청거리며 2층으로 올라가는 나무 계단과 카펫에도 휘발유를 뿌렸어요. 다시는 이 계단을 오를 일이 없을 거라는 생각이 들자 지독히 쓸쓸해졌어요. 서재의 방문을 활짝 열어젖혀 남편의 책장에 거침없이 휘발유를 쏟아부었어요. 그동안 나를 외롭게 하고 쓸쓸하게 했던 것들은 이제 영원히 사라질 거예요.

나는 서재를 빠져나와 2층 계단 앞에 간신히 서 있었어요. 다리가 후들거리고 두 손이 벌벌 떨렸어요. 심장 뛰는 소리가 내 귀에까지 쿵쿵 들려왔어요. 이 미친 짓을 어떻게 그만두고 어디로 도망쳐야 하는지조차 알 수 없었어요. 계단 앞에서 걸음을 내딛으려는데 발이 떨어지지 않았어요. 가슴이 뜨거워지며 무언가 나를 강하게 붙들고 있는 게 느껴졌어요. 나는 돌아보지 않으려고 애쓰며 떨리는 어깨를 두 팔로 꽉 감싸고 입술을 깨문 채 휘청휘청 계단을 내려왔어요. 눈에서는 차가운 눈물이 끊임없이 흘러내려 앞이 잘 보이지 않았어요. 나를 집어삼키는 혼돈과 광기와 두려움 속에서 벌벌 떨며 누구라도 내 손을 잡아주길 간절히 바랐어요.

나는 유령처럼 비틀거리며 식탁 위에 놓인 성냥을 집어 들었어요. 이 끔찍한 지옥에서 구원받는 길은 이것뿐이라는 걸 알았어요. 그럼에도 나는 주저하며 벌벌 떨었어요. 그때 활짝 열린 문밖에서 희미한 빛을 보았어요.

끊임없이 흐르는 눈물 사이로 나의 천사가 어서 오라고 손짓하는 걸 보았어요. 그 순간 내 머릿속은 텅 비어 아무 생각도 들지 않았어요. 성냥을 긋자 붉은 불꽃이 피어났어요. 나는 그것을 미련 없이 등 뒤로 떨어뜨렸어요. 극렬한 슬픔과 고통이 내 몸을 빠져나가는 걸 느꼈어요. 나는 어서 오라고 손짓하는 천사를 향해 달려갔어요.

나는 마당에 서서 흘낏 뒤를 돌아보았어요. 붉고 환한 꽃들이 피어나듯 우리 집은 거대한 불길에 휩싸여 활활 타올랐어요. 내 몸이 타는 것 같은 고통과 동시에 나를 짓누르던 모든 것에서 벗어난 듯한 후련함을 느꼈어요. 나는 집으로부터 멀어지며 밤길을 계속 달렸어요.


거기까지가 내가 기억하는 사건의 전말이에요. 그날 자기 방에서 놀다 잠든 샬럿을 나는 까맣게 잊어버렸을까요? 나는 지금도 살짝 열린 방문 사이로 천사처럼 잠든 그 아이의 얼굴을 외면하는 악몽을 꿔요.

천국을 보았냐고요?

기억 사이의 찰나의 순간, 나는 낯선 풍경 속에 서 있었어요.

그곳은 이 세상이 아닌 듯 무서운 바람이 불었어요. 눈앞에는 끝없는 황금빛 밀밭이 춤추듯 파도쳤어요. 그 한복판에서 나는 두 팔을 벌리고 바람을 맞았어요. 나를 감싸던 모든 속박에서 벗어난 듯 한없는 자유를 느꼈어요.

그게 내가 보았던 풍경의 전부예요. 그곳은 세상 어디였을까요?

정말 그곳이 그 아이가 말한 천국이었을까요.

내가 정말 딸을 죽인 걸까요. 평화롭게 잠든 샬럿의 얼굴은 정말 꿈이었을까요? 나는 잘 기억나지 않아요.

그 후로 도망치듯 영국을 떠나 여기저기 바람처럼 떠돌며 살고 있어요. 그날 짧은 순간 봤던 황금빛 드넓은 밀밭을 찾을 때까지. 나는 언제까지고 떠돌 거예요.

그곳을 찾으면 나는 진짜 자유로운 바람의 딸이 될 거예요.

바람이 되면 당신에게도 찾아갈게요.

◆◆

　태주는 검은 코트를 벗은 후 얇고 하얀 카디건을 꺼내 입었다. 아직 바람은 쌀쌀했지만 남쪽 도시에서는 벌써 꽃이 피었을 것이다. 그녀는 군산에 내려가 있는 남편에게 전화를 걸었다.

　"나야."

　남편은 잠깐 머뭇거리더니 대답했다.

　"응, 알아."

　반가워하는 것도 귀찮아하는 것도 아니었다. 그들은 비로소 타인이 되었다. 태주는 망설이다 수줍게 말했다.

　"이제 아이 보내주려고."

　남편은 놀라는 것 같더니 차분히 대꾸했다.

　"그래야지."

　태주는 천장 거미줄에서 거미가 오르내리는 것을 보며 더 이상 그와 할 이야기가 없다는 것을 깨달았다. 조금은 허전했지만 홀가분해진 것을 느꼈다.

　"잘 지내."

　남편은 마지막에 조금 웃었다.

　"너도."

　그렇게 전화가 끊어졌고 그녀도 싱겁게 웃었다.

태주는 서랍에서 오랫동안 타지 않았던 자전거 열쇠를 찾아 집 밖으로 나왔다. 쌀쌀했지만 바람 속에서 들뜨고 수런거리는 기운이 느껴졌다. 자전거 보관대에서 그녀의 녹색 자전거를 찾았다. 몇 번의 시도 끝에 녹이 슨 자전거의 잠금장치가 풀렸다. 그녀는 설레는 기분으로 자전거에 올라탔다.

페달을 밟으려는 순간, 눈앞에 새하얀 단화를 신은 누군가를 발견했다. 고개를 들어보니 퉁퉁 부었지만 해맑은 얼굴의 초희가 서 있었다. 초희는 부끄럽고도 자랑스러운 얼굴로 환하게 웃어 보였다.

"아줌마."

태주는 뜻밖에 찾아온 초희가 반갑고 놀라워 무슨 말을 해야 좋을지 몰랐다. 초희의 배는 얼마 전과 달리 푹 꺼져 있었다. 태주가 걱정스럽게 바라보자 초희가 와락 달려와 안겼다. 초희는 울음을 터뜨리며 기쁜 듯이 웃었다.

"나, 낳았어요."

깜깜한 우주를 통과해 이 세상에 온 천사가 눈에 보이는 듯해 태주는 눈가가 뜨거워졌다. 태주는 어린 엄마의 등을 쓸어주며 가슴에 수천 개의 꽃잎이 날리는 듯 벅차올랐다.

어디선가 따스한 바람이 불어와 태주의 귓가에 속삭였다.

믿는 순간, 당신이 바라는 걸 이루게 될 거예요.

마녀 니콜의 목소리였다. 부드러운 바람은 태주의 머리칼을 흔들고 알지 못하는 머나먼 곳을 향해 떠나갔다. 햇살이 금가루처럼 그들 머리 위로 따사롭게 내려앉았다.

첫 번째 기억은 혹독한 겨울밤으로 거슬러 올라간다. 나는 지하철역 사거리에서 한 여자를 보았다. 어둠 속에서 더 진한 어둠을 품에 안고 있는 여자는 눈에 잘 띄지 않았다. 여자는 바람에 흔들리는 피켓을 힘겹게 끌어안고 있었다. 나는 그 피켓을 읽고 눈을 감았지만 그녀의 어둠과 고통은 내 안으로 들어왔다. 나는 여자의 고통을 지켜보는 것보다 태연하게 여자를 지나쳐 가는 사람들이 더 두려웠다.

또 다른 어느 날의 기억. 같은 사거리 건너편에서 유모차만 보이면 쫓아가는 여자를 만났다. 겨울 햇살이 그녀의 이마에 머물자 여자는 자신이 누군지도 잃어버린 듯 해맑게 웃었다. 그 천진한 미소에 가슴이 아렸다.

나는 어둠에 매혹을 느끼는 사람이지만, 그녀들에게 작지만 환한 빛이 비추기를 꿈꾼다.

　할머니의 장례식장에서 마지막 원고를 보았다. 할머니도 환한 빛이 되셨으리라 믿는다.

　애써주신 편집자 김정은님께 깊은 감사를 전한다.

　당신 삶에도 작지만 환한 빛을 나눠 드릴 수 있기를.

　나는 꿈꾼다.


2019년 겨울

김하서

## 빛의 마녀

© 김하서, 2019

초판 1쇄 인쇄일  2019년 12월 24일
초판 1쇄 발행일  2019년 12월 31일

지은이      김하서
펴낸이      정은영
편집        김정은 안태운
마케팅      이재욱 최금순 오세미 김하은
제작        홍동근

펴낸곳      (주)자음과모음
출판등록    2001년 11월 28일 제2001-000259호
주소        04047 서울시 마포구 양화로6길 49
전화        편집부 (02)324-2347  경영지원부 (02)325-6047
팩스        편집부 (02)324-2348  경영지원부 (02)2648-1311
이메일      munhak@jamobook.com

ISBN 978-89-544-4197-1 (03810)

이 도서의 국립중앙도서관 출판예정도서목록(CIP)은 서지정보유통지원시스템 홈페이지
(http://seoji.nl.go.kr)와 국가자료공동목록시스템(http://www.nl.go.kr/kolisnet)에서
이용하실 수 있습니다.(CIP제어번호: CIP2019052170)

이 책은 2018년 아르코창작기금의 수혜를 받아 발간되었습니다.